Gilles Leroy

# Nina Simone, roman

Mercure de France

Gilles Leroy est né en 1958. Après des études de lettres, il devient journaliste et publie son premier roman en 1987. Il quitte Paris en 1995 pour s'installer dans un hameau du Perche. Il est l'auteur notamment des *Jardins publics* (1994), *Machines à sous* (prix Valery Larbaud 1999), *Soleil noir* (2000), *L'amant russe* (2002), *Grandir* (2004), *Champsecret* (2005), *Alabama Song* (prix Goncourt 2007), *Zola Jackson* (prix Été du livre / Marguerite Puhl-Demange 2010), *Ange soleil* (2011), *Dormir avec ceux qu'on aime* (2012) et *Nina Simone, roman* (prix Livres & Musiques 2014 Deauville, 2013).

*À Marie NDiaye*

When I used to get blue years ago, James Baldwin would say the same thing to me each time : « This is the world you have made for yourself, Nina, now you have to live in it. »

*I Put a Spell on You,*
*The Autobiography of Nina Simone*

*Première partie*

HALL OF FAME

## Une recrue

Ce qui frappe le garçon lorsqu'il se gare enfin devant le bon numéro, non sans avoir vérifié plusieurs fois la paume de sa main gauche où l'adresse est inscrite au feutre noir, c'est la modestie de la propriété. Il s'attendait à une villa impressionnante et luxueuse, fait face à une grosse maison de vacances bourgeoise sans style ni inspiration. L'interphone au portail est surmonté d'une caméra.

Le jardin est lugubre, la pelouse un paillasson troué, et les tamaris brûlés font pitié comme les lauriers-roses en pot que personne n'arrose. Si l'on ajoute à ce tableau d'abandon la piscine à l'eau brune où flottent des petits cadavres et des algues fétides — un scandale, ici, une offense au savoir-vivre —, rien ne donne envie de sonner à la porte de la maison. Mais le garçon (la silhouette fait penser à un adolescent qui n'aurait pas fini de pousser et de s'étoffer, enfance anachronique du corps si l'on en juge aux premières rides du visage), l'homme enfant, donc, reste impres-

15

sionné à l'idée de côtoyer cette dame noire qu'on lui a décrite comme une créature fantasque et vaguement monstrueuse. La porte s'ouvre sur un couloir plongé dans l'obscurité. Le temps que ses yeux fassent le point, il réalise que ce n'est pas un couloir mais un vaste salon dont les volets électriques ont été baissés.

«Bonjour.» La jeune femme blonde a l'accent cockney et une tête pointue de musaraigne. «Je suis Wendy, l'habilleuse et assistante personnelle. Vous êtes Ricardo, n'est-ce pas? Venez, elle vous attend. Autant vous prévenir, ce n'est pas un bon jour.

— Demain, alors? Je peux revenir demain?» L'appréhension de Ricardo, son empressement à filer font sourire Wendy. Même dans la pénombre, il a perçu d'un œil et d'un nez avertis l'étendue des dégâts, les reliefs de vieux repas sur les guéridons et la table basse, le désordre accumulé, la poussière malodorante. Plutôt fuir, oui.

«Demain pourrait être pire encore», dit l'assistante, puis, d'une main ferme collée à ses reins, elle le pousse dans l'escalier. Sur le palier de l'étage, une porte entrebâillée. Wendy le pousse encore dans cette autre pièce à peine moins sombre. Les volets ont été relevés de quelques centimètres. Le visiteur devine un lit, la forme d'un corps sur ce lit. Un corps grand et massif.

Une voix se manifeste enfin : «Je n'ai rien demandé. Je ne sais pas ce qu'on t'a promis, mais c'était sans me consulter. Je suis entourée d'incapables que je paie la peau du cul, mais c'est encore moi qui décide de qui je veux chez moi. Dis-moi quelque chose qui me convaincrait de te prendre à mon service ? D'abord, tu parles vraiment anglais ? »

Le candidat s'exprime dans un anglais de boutique, une langue fruste mais fluide, compréhensible.

La voix obscure : « Tu t'appelles comment ? »

L'homme enfant : « Ricardo. »

La voix : « D'où viens-tu, Ricardo ? »

Lui : « Je viens des Philippines. »

La voix : « Et tu crois en Dieu, Ricardo ? »

Lui : « Oh oui ! Miss Simone, je suis un bon catholique. »

La voix éclate de rire, le corps est secoué de tout son long au point que le lit grince sous ses hoquets. Elle est si sombre de peau. Quand elle rit, il ne voit que ses dents et le blanc brillant de ses yeux.

Miss Simone : « On s'en fout, ici, de Dieu et de ses saints. Je te faisais marcher. Tu sais cuisiner ? »

Ricardo danse d'un pied sur l'autre, triture la mentonnière de son casque sans oser répondre.

« On m'a parlé de ménage, de repassage... pas de cuisine. Mais je sais cuisiner. J'aime ça.

— Je te le redis : c'est ma maison, moi qui commande. Il y a déjà une cuisinière, la petite grosse appelée Mireille, tu l'as peut-être déjà croisée ? Non ? Ma foi, elle a plus de moustache que toi. Elle m'empoisonne, sache-le. Elle me fait crever à coups de petits plats. C'est quoi ce casque dans tes mains ? Tu as une moto ?

— Juste un petit scooter, Madame, qui me conduit d'un client à l'autre.

— C'est bien, tu pourras faire mes courses spéciales. Le chauffeur s'occupe des courses pour toute la maisonnée, tu feras mes courses à moi. Tu es pris.»

Ricardo ne bouge pas.

«Tu peux disposer, p'tite tête. À demain matin.

— Je voulais vous demander… C'est toujours comme ça ici?… Sans lumière? Je ne sais pas travailler dans le noir.

— Pardon, j'aurais dû t'expliquer. Aujourd'hui, c'est jour de migraine, une crise violente, et il n'y a que le noir qui me soulage un peu. Demain, on ouvrira grandes les baies sur la mer. Une dernière chose : trois personnes vivent sous mon toit. Il y a Wendy, que tu as rencontrée ; il y a Teardrop, mon chauffeur et garde du corps ; enfin il y a le Kid, mon agent, secrétaire et tourneur. Sur les quatre chambres, tu fais la mienne tous les jours, celle du Kid une fois par semaine. Les autres, Wendy et Teardrop font eux-mêmes leur ménage. N'aie pas peur du chien. Il est énorme et noir, mais c'est une crème. Son nom, c'est Shalom. Et moi seule lui donne à manger.»

Ricardo repart avec une liste de courses spéciales : deux bouteilles de Baileys, deux bouteilles de gin et un pack de Schweppes. Dans la rue, il regarde autour de lui. La mer étale où, faute de vagues et d'écume, mousse la pollution des égouts de Marseille. Des immeubles, des platanes amputés, des pins malades et des pylônes. Si jamais il compare, il trouvera la plage de son enfance infiniment plus belle. S'il ose comparer.

Il revoit le moment où elle cherchait à tâtons dans le tiroir de sa table de chevet le billet de cinq cents francs pour les courses. Ses ongles brillaient eux aussi dans le noir, nacrés comme l'intérieur des coquillages, et ses longs doigts déliés, presque des doigts d'homme, confirmaient ce qu'on lui avait dit d'elle : c'étaient des mains de pianiste. De pianiste qui avait beaucoup joué.

Heureusement, elle n'a pas posé la question qu'il redoutait : elle n'a pas demandé s'il savait qui elle était, s'il connaissait sa musique, sa vie, sa légende, et toutes ces choses auxquelles il aurait dû répondre non.

Un jour, il aura un ordinateur à lui et trouvera réponse à tout. L'ordinateur de Mr. Bobby, son principal patron, est fermé par un code et, quand bien même un soir d'abandon Mr. Bobby lui livrerait le code, Ricardo ne saurait pas s'en servir.

Devant la supérette, le garçon hésite. Il n'a rien signé. Il n'a même pas dit oui. Il est encore temps de rebrousser chemin, de rendre son gros billet à Miss Simone — puis de se sauver. La maison est si sale, si crépusculaire dans son chaos, que n'importe qui hésiterait devant la charge de travail.

« N'allez pas là-bas, lui ont dit les gens du village à qui il demandait son chemin. Elle a le Mal en elle et personne ne sait si c'est le diable ou simplement qu'elle est dérangée du cerveau. On prie pour qu'elle déménage.»

Découvrant le contenu du caddie, l'épicier à sa caisse n'a pas dit autre chose : «Vous êtes nouveau en ville. Vous allez travailler pour elle ? Pauvre de vous.»

## *Tous les hommes s'appellent Harry*

«Tu es qui, toi?»

Elle se tient debout sur le palier. Si grande, si volumineuse qu'elle l'écrase un peu. Du bout du pied, il éteint l'aspirateur. Il voit à peine cette femme qui l'interroge d'une voix comateuse. Elle porte des verres fumés alors que la maison entière est encore plongée dans l'obscurité, volets baissés, moquette noire et murs bleu nuit. Un nouveau jour de migraine, sans doute.

«C'est moi, Ricardo. On s'est vus hier. Vous m'avez dit de revenir...

— Ah! Tu parles anglais, c'est bien. Tu veux quoi?»

Silence. Ricardo se tord les doigts.

«Je fais votre ménage. C'est un ami à vous qui m'a engagé, votre producteur, si j'ai bien compris... Miss Simone. Je suis désolé, j'ai oublié son nom.»

Elle rit dans le noir, d'un rire caverneux de fumeuse, effrayant : «Ne te fatigue pas à retenir son nom. Pas plus le sien que celui des autres que tu croiseras dans cette maison de fous. Tous ces mecs s'appellent Harry. J'en ai tant vu défiler, de ces rouleurs de mécaniques, bonshommes en complet cravate ou en veste de cuir, des managers, des agents, des producteurs, des directeurs de salles, des patrons de clubs, des tenanciers de bastringues, des présidents de maisons de disques... Comment retenir leur nom à tous ? Fais comme moi, donne-leur un numéro ou bien une épithète, comme tu préfères. Tu parles un peu le français ? Oui ? Assure-toi que cette idiote de Mireille ait bien compris qu'il fallait préparer un dîner froid ce soir. Réunion au sommet avec mes trois Harry pour parler d'avenir. Quand ils disent "Faut qu'on parle de l'avenir, Nina", je sais bien qu'ils veulent me remettre au turbin, qu'ils vont me coincer et me presser jusqu'à ce que je crève un soir en scène.»

Ricardo hoche la tête, prend un air affligé si factice que Miss Simone se moque doucement.

«Avoue-le. Dis-le. Tu ne sais pas qui je suis, hein ? Tu n'as foutredieu aucune idée de qui c'est, Nina Simone ? Y a pas la radio dans ton pays, pas de hi-fi, pas de boîte de nuit ? Y a que des églises, hein ?

— On peut dire ça, oui, il y a surtout les églises et les bordels.

— Eh bien, mon joli, je ne sais pas si on me joue dans les bordels de ton pays, mais j'ai chanté du gospel toute mon enfance, des cantiques et des spirituals à la pelle. Ma mère était révérende, mon père prédicateur. Tous les dimanches que le bon Dieu faisait, je les passais sur l'orgue de l'église. Tiens, aide-moi, j'ai le dos en compote. Passe-moi mon peignoir, le rouge, là. Et mes babouches dorées.»

Dans l'épaisse moquette noire, les orteils s'enfoncent et pas que les orteils, hélas, toute la crasse, tous les miasmes. «Tu peux me dire quel est le connard d'architecte qui a eu l'idée de mettre une moquette dans une maison de plage? Une moquette noire?» Ricardo convient de l'aberration : tout s'y incruste, le sable, les poils du chien Shalom et surtout le talc pour bébé dont Miss Simone poudre ses aisselles après son bain. «L'aspirateur a du mal», observe-t-il, trop délicat ou trop soucieux de sa virilité pour dire qu'il s'est cassé les reins à le passer. «On le changera, gronde Miss Simone, ou plutôt non : c'est cette moquette qui va dégager.»

Elle descend les marches de marbre en agrippant la rampe d'acier. Chaque degré lui arrache un gémissement. «Foutu dos. Foutu métier de merde. Une vie entière assise à un clavier, depuis mes trois ans. Avec l'ordre de garder la colonne bien droite, le buste tendu en avant, la nuque alignée.»

Dans la cuisine, elle se laisse tomber sur une chaise paillée qui grince sous le poids. «Sers-moi un verre. Du Baileys avec deux glaçons. Eh! Pas un dé à coudre, un vrai verre. Mon dos flingué, j'ai gagné le droit de m'avachir à mon âge, le droit de m'affaler, le droit de me vautrer si ça me chante… On m'a dit que tu travaillais aussi chez cette vieille branche de Bob Williams. Tu te fais une spécialité des vedettes périmées ?

— Ah moi, j'ai rien voulu. C'est un monsieur Harry qui est venu à la villa de Mr. Bobby et qui m'a remarqué.

— Harry lequel ? Le gros avec un cigare ? Le petit Blanc qui zézaie ? Le métis beau gosse ?

— Le métis, oui.

— Elle est comment, au moins, la villa de Bobby ?

— Bien. Rien à dire de spécial.

— Tu bosses et tu loges chez un chanteur qui a vendu des millions de disques et il n'y a rien à en dire ? »

Ricardo rougit.

Elle, alors : « C'est parce que c'est mieux qu'ici. Et tu n'oses pas le dire parce que tu ne veux pas mentir *[elle désigne la croix dorée au cou de la recrue]* et en même temps tu ne veux pas me froisser ? Mais Nina Simone lit sur les visages comme à livre ouvert, le docteur Nina Simone transperce les masques et les hypocrisies. Inutile de jouer au plus fin avec moi. »

Elle reste silencieuse une bonne minute. Ses longs doigts tournent inlassablement le verre bu d'un trait où les glaçons s'entrechoquent et c'est comme si elle y entendait une percussion, le commencement d'un rythme.

Elle tend le verre à Ricardo qui le remplit à moitié. « Plus ! Plus encore, verse jusqu'en haut. Alors comme ça, Kid Harry a des affaires secrètes avec Bob Williams... La prochaine fois qu'il lui rendra visite, essaie d'écouter ce qu'ils se racontent et fais-moi ton rapport. »

Ricardo bégaie : « Miss Simone, je ne fais pas ces choses-là. Je veux rester un bon chrétien et un serviteur honnête. »

Elle : « Bien renvoyé. C'est justement ce que je souhaitais t'entendre me dire. Tu as ma confiance, alors ne fais pas comme les autres. Ne me truande pas. Il t'a promis combien, le Kid ?

— 4 000 par mois.

— En francs ou en dollars ?

— En francs. »

Nina hausse les épaules, le toise avec mépris.

« Et le vieux Bobby, il te paie combien ?

— 5 000. Mais je suis nourri, logé, blanchi. »

Elle ricane : « Nourri ? Encore heureux, puisque tu fais les courses et la bouffe. Blanchi ? Sûr, puisque c'est toi qui fais les lessives et le repassage. Mais logé, ça veut dire quoi ? Que tu couches avec lui ? »

Ricardo rougit violemment, tremble de tout son long et retient sa colère.

« Je ne suis pas comme ça. Je ne fais pas… ça. J'ai été marié, Miss Simone, et j'ai deux grands fils au pays.

— Tout doux, tout doux. C'était une question. Je ne jugeais pas. Le Kid couche avec tous les types des environs sans que ça me gêne. *[L'index brandi, elle précise :]* Du moment qu'il ne les ramène pas ici. »

Ricardo a les larmes aux yeux, sa bouche tremble toujours. Il répète : Je ne suis pas comme ça. Et il porte à ses lèvres la croix d'or qui n'a pas quitté son cou depuis sa première communion.

Elle : «Tu veux me faire plaisir, p'tite tête ? Oui ? Remets la piscine en état. Il commence à faire chaud. J'ai besoin de nager, ou je deviendrai dingue. Essaie de remettre la main sur Oscar.

— Oscar ?

— Le robot nettoyeur. Il a disparu, m'a-t-on dit. Mais je crois que personne ne l'a cherché dans l'abri ni dans le jardin. Pour les feuilles mortes et les bêtes noyées, tu trouveras une perche avec une épuisette dans l'abri. Bon courage. »

Ricardo sait entretenir une piscine, il a appris très jeune. Mais celle-ci est si sale, si croupie, avec ces hérissons en décomposition, ces lentilles qui prolifèrent et pourrissent sous le soleil, qu'il en a des haut-le-cœur avant même d'y avoir plongé son filet.

*

Le soir, elle a remonté les volets électriques, ouvert les baies et les fenêtres. Elle s'est habillée d'un boubou en wax rouge et blanc brodé de fil d'or, coiffée d'un turban du même tissu. Elle est chaussée de mules compensées qui la grandissent encore de quelques centimètres — et Ricardo n'en paraît que plus minuscule : à son insu il a raidi la nuque, redressé le menton, bandé ses discrets pectoraux.

Au spectacle de la piscine azur, Nina se fait

volubile, joueuse, caressante, elle veut rire et fumer du *pot* entre deux coupes de champagne.

«Regarde-moi ça. Voici ma bande de bras cassés, les Harry numéros un à trois.» Ils arrivent dans un bel ensemble, à croire qu'ils se sont déjà réunis avant de venir la trouver et ça sent l'embuscade, le coup d'État. Le gravier crisse sous les pneus, un bruit que Miss Simone déteste, qui lui hérisse le poil, dit-elle. Elle regarde les deux Mercedes et la Rover décapotées, ces vagues de chromes que le soleil chauffe à blanc et dont la réverbération fusille ses yeux planqués derrière les lunettes noires, elle regarde les chromes, les selleries de cuir blanc, les jantes lourdes d'enjoliveurs bicolores, elle regarde les trois hommes qui s'extraient chacun son tour de son habitacle, et voici que leurs poings brillent aussi, chevalières grosses de diamants, montres suisses et gourmettes en or, elle les observe comme si elle les découvrait, eux qu'elle pratique depuis toujours ou presque, le temps a cessé de compter et elle dit tout haut : «Tu te rends compte ? Tu réalises que c'est moi qui ai payé tout ça ? C'est ma sueur, mon talent, ma fatigue, mon malheur. *[Un silence.]* Viens, assieds-toi là, que je t'explique. Il faut que tu saches à qui tu as affaire.»

Ricardo dit qu'il est l'heure, il doit rentrer s'occuper de Mr. Bobby.

«Juste une minute ou deux, s'il te plaît.»

*

… Harry l'Ancien, c'est le colosse essoufflé qui mâchouille toujours un mégot de cigare. Cela fera vingt ans qu'il s'occupe de moi, très mal d'ailleurs, même pas foutu de me trouver un label pour un nouveau disque en studio ou un producteur pour un enregistrement *live*. C'est moi toute seule qui négocie les droits vidéo des concerts. À quoi il sert, je n'en sais plus rien. Il est là, totalement dépassé comme imprésario, mais sans doute il me rassure.

Harry la Finance, le petit grisonnant, tout sec, tout nerveux, s'occupe du plus ingrat : il est chargé de faire rentrer l'argent, de rapatrier de New York la fortune qu'on me doit dans les maisons de disques, mes droits d'édition volés, mes droits d'auteur confisqués, mes royalties d'interprète jamais versées *[Ricardo écarquille les yeux et sourit comme un qui ne comprend rien]*… et il y a cette bagarre avec le fisc américain qui n'en finit pas.

Kid Harry, mon agent et mon tourneur, je l'ai rencontré à l'hôpital en Californie, où je faisais une cure de sommeil. C'était un jeune interne de médecine qui faisait un stage en psychiatrie, tout de suite on s'est bien entendus ; je croyais qu'il me faisait la cour et j'y étais sensible. *[Pause. Elle fixe un point invisible sur le mur puis, se parlant à elle-même, murmure :]* J'ai toujours aimé les hommes noirs à la peau plus claire que la mienne. C'est bizarre, non ?… pour une enragée comme moi de la Cause. *[Une nouvelle pause.]* Mais il a fini par m'avouer que la médecine l'ennuyait

— ça, je l'avais compris —, qu'il rêvait d'entrer dans le business et de s'occuper de moi *professionnellement*. Je suis repartie en France avec, dans mes bagages, ce joli jeune homme ambitieux qui, lui encore, me promettait monts et merveilles. Il faut que tu saches une chose : Harry la Finance et Harry l'Ancien détestent le Kid. Quand je les vois réunis, j'ai toujours peur que ça tourne mal, qu'ils en viennent aux mains. Mais il faut croire que le pognon est un ciment entre hommes et que chacun comprend son intérêt en fermant les yeux sur les agissements suspects de l'autre.

Kid Harry s'occupe de la presse et des concerts. Je sais qu'il empoche des bakchichs dans mon dos. C'est comme ça. Il prend sa commission sur tout, il essaie même de monnayer les interviews. Mais, en France, ça ne se fait pas trop et je lui ai dit d'arrêter tout de suite.

*

En habitués des lieux, les trois Harry se sont assis sur la terrasse où ils attendent.

Pour les éviter, Ricardo passe dans le hall : «Il faut vraiment que j'y aille. Mr. Bobby a des invités ce soir, il faut que je rentre.»

Elle : «Et alors ? Moi aussi j'ai des invités.»

Ricardo, soupirant malgré lui : «On s'est mis d'accord, Miss Simone. La journée chez vous, le soir et la nuit chez Mr. Bobby.

— Il te traite bien ? Il ne te court pas trop après ?

— Je ne suis pas comme ça, Miss Simone. Il le sait, lui, et il me respecte.

— Tu as bien ravitaillé les frigos en champagne? Je ne vais pas me trouver à sec cette nuit?»

Lui, riant franchement : «Oui, j'ai fait vos courses spéciales. Rassurez-vous, j'ai l'habitude avec Mr. Bobby qui a tout le temps soif. Je connais les horaires de chaque épicerie de la côte, celles ouvertes la nuit et celles ouvertes le dimanche. Si vous êtes en panne au milieu de la nuit, appelez et je saurai vous dépanner.»

Elle, riant à son tour : «Je te prends au mot. Je n'hésiterai pas à appeler. Allez, va lui faire son dîner, à ton crooner décati. *[Plus bas, assez fort cependant pour être entendue :]* Bob Williams respecter un joli petit cul? Je voudrais voir ça.»

# Le troisième jour

«Madame dort encore, a dit Mireille. Les voisins se sont plaints du boucan. Des disputes toute la nuit!»

Wendy, entrant dans la cuisine de son pas menu qu'on n'entend jamais approcher : «Motus, Mireille. Les affaires de cette maison ne regardent pas les étrangers. Au déjeuner, les Harry sont annoncés. Les deux vieux séjournent à l'hôtel de la plage, ils devraient débarquer vers midi. *[À Ricardo :]* On prendra le repas à la piscine. Installe la table et les fauteuils. Bien sûr, il faut un bon coup de jet d'abord.»

Ricardo dévisage la jeune femme et lui lance à la face : «Non, *tu* nettoieras la table et les fauteuils. Et *tu* mettras le couvert.»

Tout comme Wendy, Mireille a écarquillé les yeux. Où est passé l'employé pusillanime et tremblant des premières heures?

Wendy : «Je dis ça... parce que l'ancienne femme de ménage le faisait.»

31

Lui : «Peut-être. Elle portait aussi des mini-jupes en cuir rose, à ce qu'on m'a dit. Pas moi.»

Mireille éclate de rire (éclater n'étant pas seulement une façon de parler : les boutons de sa blouse de demi-deuil sont tirés à tout rompre) : «Kid a découché on ne sait où… comme d'habitude. *[Clin d'œil appuyé.]* J'ai besoin que tu ailles à l'épicerie et chez le boucher. Voici la liste. Tu leur dis de mettre ça sur le compte du mois. Et du pain — où avais-je la tête —, il nous faut du pain. Au boulanger, tu paies cash. Ça entre dans tes fonctions ?»

Ricardo cligne de l'œil à son tour, empoche le porte-monnaie et coiffe son casque de moto sous les hurlements du chien noir que ça effraie, une tête masquée.

*

Tandis que Nina, réveillée, se prépare pour le déjeuner, les trois Harry devisent autour de la piscine avec bonhomie. Nina aussi semble de bonne humeur, on l'entend chanter par la fenêtre de ses appartements des refrains africains pleins d'entrain et de malice.

Ricardo vacille et se déhanche sur le chemin de galets, penché de côté sous le poids du plateau apéritif.

Harry l'Ancien, l'aidant à décharger le plateau : «Alors, jeune homme, comment ça se passe ?

— Tout va bien, oui, je trouve peu à peu mes marques. Il m'a quand même fallu une heure pour remettre la main sur Oscar. Le robot, oui. Il était au fin fond du garage, sous plusieurs épaisseurs de bâches.»

Il surprend alors cet échange furtif : Harry l'Ancien qui fronce les sourcils en direction du Kid, le Kid qui nie de la tête, et il comprend que le robot avait été caché à dessein par ces deux types. Quel intérêt pourrait-il y avoir à laisser une piscine se transformer en bouillon purulent pour moustiques et mouches à merde ?

C'est une autre question que Ricardo pose : «Pourquoi toutes ces caméras dans la maison ? Pourquoi toute cette électronique dans les pièces, détecteurs de fumée, détecteurs de mouvements ? Il n'y a rien de tout ça chez Mr. Bobby et pourtant... *[Il rougit]*, pourtant il possède de belles choses de grande valeur. Miss Simone court un danger ? On la menace ?»

Harry l'Ancien, railleur : «N'aie pas peur, il ne t'arrivera rien. Mais tu ne peux pas comparer notre Nina, toujours dans le coup, célèbre dans le monde entier, avec un Bob Williams, certes pété aux as, mais qui n'a jamais dépassé les frontières françaises et s'est retiré depuis quinze ans. Nulle équivalence possible. La vérité, c'est que nous avons eu des soucis dans la précédente villa, pas loin d'ici. Des vandales s'étaient introduits dans la maison vide tandis que Nina donnait un concert à Marseille et ils avaient... ils avaient déféqué partout. Déféqué, tu comprends ce mot ? Oui ? Je t'épargne les détails sordides. Ç'a été un choc terrible pour elle.»

Harry la Finance : «V'ai cru qu'elle ne f'en relèverait pas, qu'elle avait tout à fait bafculé dans la folie.»

L'Ancien : «Un mois plus tard, une autre nuit, un incendie s'est déclenché dans la chambre de Nina sans qu'on ait réussi à en connaître l'origine, accidentelle ou criminelle. Elle est adorée mais aussi détestée. Les gens d'ici ne l'aiment pas. Ils sont très racistes.»

La Finance : «Et valoux.»

Kid Harry, haussant les épaules : «Les autres, toujours les autres… Cette maison était maudite, voilà la vérité vraie. Heureusement qu'on a fui.»

Ricardo : «Oh! Depuis trois ans que je suis dans la région, j'ai appris qu'on y brûlait facilement. On dirait que le feu part tout seul.»

Harry l'Ancien : «Et c'est par précaution qu'on a fait mettre tous ces détecteurs de fumée. Vous êtes fumeur, jeune homme?»

Ricardo : «Dieu m'en garde! Ce n'est pas moi qui déclencherai l'alarme d'incendie. Et il faut que je vous dise, Mr. Harry : je ne suis pas un jeune homme. Je sais que j'ai l'air d'un gamin chétif, mais j'aurai bientôt quarante ans.»

Les trois hommes éclatent de rire. Il rougit, s'agace, propose d'aller chercher son passeport dans son sac à dos.

Harry l'Ancien, s'étouffant de rire et se frappant les cuissots : «Elle lui a fait le coup des Harry!»

Harry la Finance : «Va pour les Harry!»

Le Kid, plus sombre : «Et moi alors, comment

elle m'appelle ? Elle me donne quoi, un numéro, un surnom ? N'aie pas honte, on a l'habitude de ses farces. On s'en fout. Nous, ce qu'on veut c'est son bien-être : qu'elle soit tranquille, qu'elle prenne son traitement, qu'elle se nourrisse correctement. »

Harry la Finance : «Le lithium, furtout. Qu'elle prenne fon lithium faque vour, aux veures prefcrites. Finon, rien ne va plus. »

L'Ancien : «Et mollo sur la bibine, hein ! On est d'accord là-dessus, jeune homme ? On a un concert bientôt, puis la tournée qui s'enchaîne… Notre grand retour sur scène après des années d'absence. J'insiste : le concert aux arènes est capital, c'est là qu'on fera les derniers réglages avant la tournée. *[S'adressant au Kid :]* Pas de mauvaises surprises, cette fois. Qu'elle soit en forme. Te voilà prévenu, toi aussi. »

Kid Harry hausse les yeux au ciel comme si l'Ancien radotait, comme s'il dramatisait avec cette question lancinante de l'alcool — une lubie de vieux, précisément.

L'Ancien, revenant au domestique : «Tu sauras t'en sortir ? »

Ricardo se contente d'un geste évasif et d'un oui chuchoté, lui qui, chaque fin de nuit, doit aider l'ancien crooner titubant à regagner sa chambre. Et il pèse son poids, Mr. Bobby. Au moins deux fois celui de Ricardo.

\*

L'après-midi sera radieux. Miss Simone trinque et retrinque à la réconciliation, à l'amitié, à la confiance retrouvée. C'est Harry la Finance, le héros du jour : il était quinze heures autour de la piscine, neuf heures dans les couloirs du tribunal de Manhattan quand l'avocat d'affaires a appelé sur le cellulaire du petit homme zézayant pour lui dire une bonne nouvelle : la maison de disques que Miss Simone poursuivait pour vol et dissimulation de royalties, à qui elle réclamait deux millions de dollars sans espoir de l'emporter puisque, malgré ses contrats léonins, le label était resté entre les rails de la loi, ce puissant défendeur accepte une indemnité négociée plutôt que d'aller jusqu'au procès. Un procès qui aurait pu révéler ce que tout le milieu de la musique savait déjà : dans les années cinquante, quand Miss Simone a débuté, artistes noirs et artistes blancs ne se voyaient pas proposer les mêmes contrats.

«Fent finquante mille dollars, s'est écrié La Finance, f'était inefpéré, Nina.»

Miss Simone fait d'abord la difficile. Elle détourne la tête, ses paupières tombent. La bouche plissée s'étire aussi vers le bas. Les trois compères fixent avec anxiété ce profil fermé. Puis elle s'ébroue, allume une cigarette et appelle : «P'tit cul! Où es-tu? Apporte-nous du champagne, celui qui est tout en bas. Le Cristal, oui. Et tu prends le beau seau en argent.»

## Hall of Fame 1

Il se tient dans le hall, un peu perdu au milieu d'une vaste galerie à la gloire de Miss Simone. On est bien, là. C'est la pièce la plus fraîche de la maison. Il lâche tout, aspirateur, chiffon, seau, serpillière, il rêve devant les photographies, les affiches de spectacles, les disques d'or et ceux de platine, les diplômes honorifiques des universités. Sur certaines photos, il reconnaît des visages célèbres : Miss Simone descend d'avion d'un pas mal assuré, précédée de Michael Jackson, une marche plus bas sur la passerelle, qui lui tient la main et la guide, si gracieux ; Miss Simone dans les bras de Nelson Mandela, devant un énorme gâteau illuminé de bougies ; elle, toujours, au côté de David Bowie, d'Elton John et de nombreux autres visages que Ricardo ne connaît pas, qui posent pourtant comme s'ils étaient connus, corps tendu vers l'objectif, avec cette façon à peine perceptible qu'ont les gens célèbres de jeter leur torse en avant, pour se grandir sur la photo, peut-être, ou bien pour lisser le cou, retendre le visage.

«Tu aimes?»

Il sursaute, s'excuse d'être là, bras ballants, les mains vides.

«Je te préviens, p'tite tête, ce matin je suis euphorique. Nulle migraine à l'horizon, mon mal de dos qui fait relâche : c'est la grande forme.»

Elle passe la tête par les portes western de la cuisine, lance ses ordres à Mireille. Ce sera jour de diète, jus de fruits et jus de légumes exclusivement. On entend Mireille râler sur ses fourneaux déjà lancés, crépitants d'huile.

«Il faut commencer par le commencement», a dit Miss Simone avant d'attraper le poignet de Ricardo et de l'entraîner à l'autre bout du hall, tout près de l'entrée. Elle pointe du doigt une image dans un cadre au bois craquelé. C'est la photographie d'une devanture sombre où l'on a collé une affichette en noir et blanc :

Midtown Bar & Grill
*Now Showing*
Nina Simone
For Her First Appearance on Stage
Every evening from 9 p.m to 4 a.m
July 1rst – August 31rst

contenant elle-même la photo noir et blanc d'une jeune femme sage, aux épaules nues bien dessi-nées, en robe blanche à col rond, cheveux courts, lisses et brillants, domptés par la gomme coiffante et l'excès de laque, sans doute. Sur le front, une mèche est plaquée en accroche-cœur.

Les sourcils plantés haut sont d'un dessin parfait, aériens telles deux plumes. Le regard est sérieux autant que candide, la tête légèrement penchée de côté souligne cette impression d'enfance et d'étonnement. Le torse est solide et souple, la nuque altière. Aucun bijou. Ni fard à paupières ni eye-liner — ce sera pour plus tard.

### Charity

… C'était à Atlantic City, une ville de casinos et d'adultères — la Vegas de la côte Est. C'est là que j'ai fait mes débuts dans la chanson, là que j'ai gagné mes premiers cachets d'artiste. Je n'ai pas eu beaucoup d'amies. Je ne parle pas de mes bienfaitrices blanches, quand j'étais gosse.

Je parle de vraies amies, des confidentes, des sœurs qui t'apprennent. Il y a Miriam Makeba, ma sœur africaine, Lorraine Hansberry, l'amie dramaturge pour qui j'ai écrit *To be Young, Gifted and Black*, et avant, il y a eu Charity. Drôle de prénom pour une pute, tu me diras. Oui, c'était une pute — de luxe, mais pute quand même. Elle vivait de ses clients réguliers. Et moi, j'ai vécu à travers elle comme on peut vivre parfois à travers un personnage de roman ou un acteur de cinéma des aventures dont on se sait incapable. Quand je l'ai rencontrée, je venais de subir l'humiliation de ma vie. J'avais étudié la musique dès l'âge de cinq ans pour devenir pianiste classique, j'y avais sacrifié mon enfance et mon adolescence, et puis quoi ? La plus grande école de musique du pays, le Curtis Institute, à Philadelphie, m'avait refusée. Sans explication, recalée. Douze années perdues. Mon rêve piétiné.

J'étais si désemparée que la tornade Charity n'a eu qu'à me cueillir telle une chose inerte et à m'aspirer dans son sillage.

Je n'ai jamais envié quiconque pour son argent ou sa réussite, mais j'ai toujours envié les gens libres pour leur liberté. Charity était libre et splendide. Ses hommes lui offraient de l'argent, des robes, des fourrures et des bijoux, mais c'est elle-même qui achetait ses chaussures. "C'est intime, les chaussures", disait-elle. En quoi c'était plus intime qu'un déshabillé ou une culotte de soie, je n'ai jamais vraiment compris. Toujours est-il que Charity possédait la plus belle collection de chaussures que j'aie jamais vue.

*

Ricardo rit : «Votre collection à vous n'est pas mal non plus ! Vous en avez combien ?... Cent, deux cents paires ? »

Elle : «Tu essaies de dire quoi, là ? Que c'est le bordel dans mes placards à chaussures ? On ne peut pas dire que tu y fasses beaucoup la poussière.»

Ricardo : « Sans vouloir me plaindre, Miss Simone, j'ai beaucoup de travail chez vous pour pas beaucoup d'heures. »

Elle, sans relever : « C'est Charity qui m'a passé le virus. Au point que je ne peux pas monter sur scène si je n'ai pas dans ma loge le choix entre cinq ou six paires d'escarpins. C'est mon seul caprice de vedette. Tu souris ? Mais si, tu as souri. Tu te paies ma tête ? Tu me trouves très capricieuse ? »

Il bredouille, le sang lui monte au visage, ses yeux sont deux boulets de charbon roulant, affolés, dans les orbites profondes… Elle aime le faire rougir, c'est facile, presque trop facile tant il est timide et susceptible. Un rien le vexe, un rien l'effarouche. Il finit par se ressaisir : « Vous êtes exigeante, Miss Simone, ce n'est pas pareil. »

\*

… C'est un peu grâce à elle, Charity, que j'ai fait mes débuts sur scène. Oh, une toute petite scène, une estrade au fond d'un bouge enfumé, mais une scène quand même. C'était à Atlantic City où elle prenait ses quartiers d'été, histoire de plumer les riches maris venus s'encanailler dans les casinos tandis que leur prude *trophy wife* était en vacances. Elle m'avait demandé de l'accompagner là-bas pour la saison et j'ai trouvé un engagement dans un bar, le Midtown Bar & Grill. Pourquoi « grill », je n'en sais rien, personne n'y mangeait… mais pour boire, en revanche, ça

41

buvait sec et les seules choses qu'on aurait pu voir griller c'étaient les neurones des clients.

J'avais une peur terrible que Momma ne l'apprenne : pour elle, Atlantic était la Cité du Crime, et jouer dans un bar de nuit c'était comme danser la pavane au bras du diable. Quant à être amie avec une call-girl...

Charity a tranché : il me fallait un nom de scène et nous y avons passé une soirée entière. Le prénom Nina m'est venu en souvenir d'un flirt latino, Chico, qui me surnommait *Niña*, fillette. Charity a dit de supprimer le tilde, et j'ai suivi son conseil. Ce nom de Simone est arrivé plus tard. J'ai resongé à cette actrice française, Simone Signoret, que je trouvais sublime et qui m'attirait pour des raisons que je n'aurais su dire, que j'ai comprises ensuite. Simone, Charity a trouvé ça très chic, très *sophistiqué*.

C'est ainsi que je suis devenue Nina Simone, dans une chambre d'hôtel clinquante d'Atlantic City avec pour accoucheuse et marraine une prostituée de haut vol.

Sur Pacific Avenue, à deux blocs de la promenade du bord de mer, le Midtown se réduisait à un boyau sombre et enfumé avec un bar tout en longueur, quelques tables étroites et, après le bar, l'estrade avec le piano droit. Tout au fond du bar, dans mon dos, il y avait une pièce où les serveurs mettaient les types trop bourrés à cuver sur des matelas éventrés. «Ma cellule de dégrisement, disait avec fierté Harry Steward, le patron. Je préfère qu'ils finissent chez moi plutôt qu'au poste. C'est mieux, et pour eux, et pour moi. »

Ne ris pas : Steward s'appelait vraiment Harry. C'est lui le tout premier d'une longue liste. Il crée l'espèce. Un petit Juif avec aux lèvres un éternel fume-cigarette en bakélite qu'il tétait, mâchouillait, suçotait, longtemps après que la cigarette fut consumée et l'embout refroidi. Il comptait ainsi arrêter de fumer. Il vint vers moi le premier soir, quand les dernières notes du piano furent englouties par la reprise des discussions et des invectives entre clients. Un type voulait m'offrir un verre. « Qu'esse tu bois ? — Un verre de lait, s'il vous plaît. » Steward me regarda, je vis son regard friser comme s'il allait éclater de rire. Mais il ne commenta pas et me fit porter un grand verre de lait avec une paille rose articulée, comme pour les cocktails.

Le sol de ciment était couvert d'une sciure épaisse afin d'éponger les verres renversés et le vomi. Charity m'avait offert des souliers d'agneau blanc. Je n'étais pas encore à l'aise sur les talons hauts mais j'étais fière. Et, chaque soir, l'idée de devoir traverser les vingt mètres de boyau qui menaient de la porte de service à mon piano, la certitude de devoir enfouir mes belles chaussures dans cette sciure dégoûtante comme la terre embrenée d'une étable, cette épreuve me levait le cœur...

Juste une parenthèse : j'ai un ami à Pigalle qui tient un restaurant américain ; je ne sais pas ce que c'est devenu mais autrefois tout le monde s'y pressait, toutes les stars noires du jazz et même des vedettes françaises. Comme souvent dans les restaurants de nuit, il y avait de la sciure par terre. Si j'avais le mal du pays après le spectacle, si j'avais besoin d'odeurs et de saveurs de la maison, je faisais appeler Leroy, cet ami, je commandais un dîner *soul food* et il savait qu'on devait balayer la salle de toute la sciure avant que je n'arrive avec ma bande... et mes souliers d'agneau ou de satin.

Oui, il y a eu un moment, dans ma vie, où le monde se pliait à tous mes désirs. On craignait mes colères, et plus encore mes représailles. Je me souviens... Je me souviens de l'Olympia, à Paris. Qu'est-ce que j'ai pu les faire chier! J'ai exigé un chauffeur pour me conduire chaque soir de mon hôtel à la salle ; or, mon hôtel était à cent mètres, pas plus. J'exagérais. Qu'est-ce que j'ai exagéré.

*[Elle rit toute seule, c'est si rare, un rire de joie pure, cristallin. Elle rit tant qu'elle s'en étouffe et tousse, les yeux gonflés de larmes.]*

Tu peux me trouver capricieuse, tout le monde le pense. Mais moi je ne vois pas les choses ainsi. Ce ne sont pas des caprices, ce sont des revanches. Beaucoup de gens ont payé pour mon enfance sacrifiée et pour ma jeunesse humiliée. Et puis... je remplissais les salles. Je faisais vivre des centaines de gens. Je méritais le respect. On obéissait au doigt. On obéissait à l'œil. Mais c'est de l'histoire ancienne.

44

Ce premier soir, après que j'eus joué pendant sept heures, Steward est venu me trouver dans le cagibi censé servir de loge. «Y faut qu'on cause, ma belle. J'aime ta musique, j'aime ton toucher et surtout j'aime ta présence. Tu en imposes. Toute jeune que tu es, tu en imposes. Tenir une salle de bonshommes défoncés en leur jouant du classique… chapeau! Je t'assure que j'ai jamais vu ça. J'ai cru aux premières minutes qu'ils allaient te jeter leurs verres à la tête et que moi je devrais te foutre dehors. Ben non. Je ne sais pas si c'est parce que t'es un sacré brin de fille (*j'étais grande, lui tout petit, il me disait les choses galamment mais d'autres, par la suite, ont été moins aimables, jugeant que j'étais hommasse — une jument, dira un salaud d'amant en me quittant*)… si c'est parce que tu fais une tête de plus qu'eux ou bien si c'est que tu fais la gueule comme une qu'y faut pas chercher, mais toujours est-il que tu les as estomaqués. Voilà pour le compliment. Maintenant les reproches : ils veulent que tu chantes. Pourquoi diable n'as-tu pas chanté? On veut des chansons ici, on veut que ça roucoule et que ça beugle aussi! C'est pas Carnegie Hall ni le Met. Demain soir, ou bien tu viens avec des chansons, ou bien c'est la porte.»

Il a changé de ton, s'est fait plus caressant : «Et puis il faut que je te dise aussi — ne le prends pas mal, hein? N'y vois rien de méchant : ta robe blanche de première communiante, soit. Tes verres de lait, soit. Mais pitié, ma belle, quand tu arrives à ton piano, ne fais plus cette révérence avant de t'asseoir. On n'est pas des dames patronnesses, ici, on n'est pas la couronne d'Angleterre.»

Le matin, j'ai dit à Charity : «Deux octaves, je n'ai pas plus. Je suis faite pour chanter comme un cul-de-jatte pour courir le 100 mètres.» Charity m'a prise dans ses bras. Elle sentait bon le talc pour bébé et le lait d'amandes.

Des mois plus tard, l'hiver, il neigera sur Philadelphie et nous serons toutes deux, Charity et moi, allongées dans mon studio lugubre, enlacées sous le plaid pour nous réchauffer. C'était un sale moment pour elle, qui venait de perdre coup sur coup trois de ses protecteurs et n'aurait bientôt plus de quoi payer le loyer de son bel appartement au vingtième étage du centre d'affaires de la ville. Elle me confia soudain qu'un des protecteurs restants, le vieux Texan, avait offert un pont d'or pour coucher avec Charity et moi. Elle s'était mise en colère, feignant d'être jalouse ou humiliée. Le vieux ne l'avait pas crue, mais n'avait pas insisté. Elle soupirait : «Jamais on ne m'avait mis tant d'argent sur la table.» Je n'ai pas pu m'empêcher de demander : «Combien?» Et je pensais : *Combien de plus avec moi que sans moi?* Charity a reculé sous le plaid, m'a regardée d'un œil furieux : «Ça ne te regarde pas. *Tu n'es pas comme ça*. Je te protégeais, idiote.» Il ne fallait pas décevoir Charity.

Le lendemain soir, je suis retournée au Midtown et j'ai chanté. Cette nuit-là, les gens d'Atlantic City ont commencé à retenir mon nom tout neuf, mon nom de Nina Simone, et j'ai senti qu'une vie toute neuve se présentait, pour laquelle je n'étais pas faite, pas préparée, pas armée — une vie à laquelle je ne me destinais pas mais qui pourrait bien l'emporter sur la vie rêvée qui se refusait à moi.

C'était facile : je savais par cœur des centaines d'airs, je n'avais besoin d'aucune partition, je buvais mes verres de lait dans ma robe longue mousseuse, sans un regard pour quiconque. Habitués à des pianistes paresseux et souvent bourrés qui reprenaient les mêmes airs plusieurs fois dans la nuit tels des disques rayés, les quelques mélomanes qui fréquentaient le Midtown commencèrent à parler de moi dans Atlantic City et, bientôt, le club fut plein à craquer toutes les nuits, les mélomanes vite rejoints par les fêtards new-yorkais qui traînent par là.

De retour à Philly, j'ai retrouvé ma solitude et ma dèche. Je donnais des cours de piano et de chant à des gosses de riches bêlants et barrissants, mais peu m'importait : il fallait mettre de l'argent de côté, beaucoup d'argent pour un jour arrêter ce travail dégradant, me réinscrire à la Juilliard School et présenter une nouvelle fois le concours du Curtis Institute où j'avais échoué. Je ne vivais que pour ça — vivre étant un bien grand mot : je vivotais.

J'ai décroché des engagements dans de petits clubs. Le jour, je me cassais les oreilles avec mes élèves, la nuit je me cassais le dos et la voix dans des bastringues insalubres. Le studio prenait l'eau, prenait le vent et je grelottais la nuit, j'étreignais ma chienne pelotonnée contre moi. Je tombais souvent malade. Le temps me paraissait interminable, ma solitude monstrueuse depuis que Charity avait disparu sans un mot, tel un mirage. Rien que moi, ma pomme, mon piano et la chienne Sheba.

J'ai perdu ma virginité dans ce studio sordide, derrière le paravent qui séparait le côté piano du côté lit, avec un garçon pour lequel je n'éprouvais rien, et ç'a été un tel massacre que j'y ai perdu tout désir sexuel. Les hommes croisés n'avaient aucun attrait. Inenvisageables ou devenus transparents. Il n'y aurait plus d'homme dans mon lit avant un long moment.

Alors je suis allée voir un psychanalyste, Gerry Weiss. Je pensais que ça m'aiderait à comprendre ma solitude. Je trouvais ça intéressant sur un plan intellectuel, j'aimais les associations d'idées et tous ces trucs freudiens assez chiadés. Mais ça ne me faisait aucun bien, et j'ai arrêté au bout d'un an : mieux valait économiser mes sous pour les leçons particulières de piano chez le grand Sokhaloff — chaque cours coûtait une petite fortune, bien plus cher que le psychanalyste. Comme il était l'un des plus éminents professeurs du Curtis Institute, je pensais qu'il détenait les clefs pour y entrer, qu'il me donnerait les clefs avec le code.

J'aurais peut-être mieux fait de continuer la psychanalyse. Peut-être me serais-je épargné la dépression qui n'allait pas tarder, la fatigue précoce et toutes ces angoisses, ces violences…

Peut-être n'en serais-je pas aujourd'hui à bouffer tous ces médocs. Peut-être ne serais-je pas si seule, justement.

L'été revenu, Harry Steward m'a rappelée pour passer la saison dans son club. J'ai dit oui, sans hésitation et sans joie. Steward était un type réglo pour ce milieu, à peu près honnête. Il payait ses employés. Je peux en témoigner, les types honnêtes sont rares. Combien de fois n'ai-je pas dû menacer pour qu'on me donne mon argent ? Il est cinq heures, tu as chanté la moitié de la nuit dans les vapeurs d'alcool et la fumée âcre des cigares, et tu dois encore te battre pour empocher ton cachet tandis que les serveurs sortent les derniers poivrots… J'étais une ingénue : j'ai appris très vite deux ou trois réalités de l'existence.

\*

Elle rit à cette nouvelle photo prise au Midtown un an plus tard : «Regarde comme j'ai l'air gourde.»

Toujours vêtue de blanc, la robe est décolletée avec décence et ses oreilles portent des boucles en strass.

Ricardo affermit sa voix dans le registre mâle : «Vous êtes très jolie, Miss Simone.»

Elle : «Parce que je me suis déguisée en jeune fille blanche ? Pfff… Je défrisais mes cheveux. Toutes les chanteuses et toutes les actrices noires le faisaient à cette époque. Faute de pouvoir blanchir nos peaux, on massacrait nos cheveux crépus. Ça brûlait le cuir chevelu, ça faisait un mal de chien, mais c'était encore le tribut à payer pour n'être pas née blanche. Un jour, j'en ai eu assez de me faire du mal, j'ai rasé mes cheveux et j'ai porté des perruques de cheveux bien raides avec une frange bien sage. Si tu savais comme j'ai honte de l'idiote que j'étais jeune femme. Quand tu penses que je me produisais dans ces bouges vêtue d'une robe de mousseline blanche, toujours blanche. Impeccable, pure. Les types devaient me trouver si nunuche à boire mes verres de lait. Ça me protégeait, en un sens, car jamais aucun client n'a eu de gestes ni de propos déplacés.

Eh oui! p'tite tête, je ne buvais que du lait à l'époque. Ça énervait certains patrons de club qui n'auraient pas été contre me transformer en entraîneuse après le récital. Je refusais les verres d'alcool. L'alcool n'était jamais entré chez mes parents, c'était une chose impensable, un peu comme toutes ces choses du domaine du Mal, ces choses imprononçables comme le blasphème, le racisme, le sexe, la jalousie, la haine. Je me suis rattrapée depuis, crois-moi. Et sur l'alcool, et sur le sexe.»

Lui, rieur : «Sur le blasphème, aussi. Je n'ai jamais entendu quelqu'un jurer comme vous, Miss Simone.»

Elle : «Si tu le dis! Mon dos me lance, il faut que je m'asseye. Suis-moi au salon.»

Elle a oublié le vœu de diète. Se verse un long

drink sur le bar tournant près du canapé. Épaules basses, Ricardo s'en va à la cuisine chercher des glaçons.

*Mickey ou l'alcool*

… C'est par les hommes que j'ai appris à boire. Les hommes ne m'ont jamais voulu du bien. Ils ne m'ont rien valu que des coups, des larmes et la ruine. Une indécollable amertume que le champagne chassait, et aussi le gin.

Le bruit a couru dans Atlantic City, jusqu'à New York, que j'étais de retour en ville. Le Midtown était plein à craquer d'une nouvelle clientèle, des jeunes gars tous blancs qui se donnaient des airs rebelles mais on voyait bien que c'étaient des fils à maman pour la plupart. Ils portaient le cheveu mi-long, se rasaient une fois la semaine et n'avaient aucun horaire, comme les gens qui ne travaillent pas. Parmi eux, il y eut Mickey, ce beau gosse bohème qui ne foutait rien de ses journées, qui passait ses nuits à traîner avec ses potes dans les bars et les fumeries. Il faisait le siège du Midtown, il me suivait dans les rues d'Atlantic City, dormait sur un banc en face de mon hôtel. Un jour d'ennui, mal inspirée, je me suis laissée aller à lui trouver du charme et on s'est retrouvés dans mon lit. Il n'a plus voulu le quitter. Le jour, la nuit, il occupait mon lit. Il ne me faisait pas mal, lui, il était doux, s'y prenait bien. Je découvrais qu'on peut faire l'amour sans souffrir le martyre.

51

*[Ricardo détourne le regard, se tord les doigts. Les détails intimes l'indisposent mais Miss Simone ne le voit pas. Devant ses yeux noyés flotte en hologramme le corps reconstitué du bel amant beatnik.]*

Il m'a suivie à New York quand j'ai enregistré mon premier disque et donné mes premiers récitals là-bas. Il est devenu mon charmant boulet, mon paresseux parasite. C'était un poète qui n'écrivait pas, un peintre qui ne peignait pas, un musicien sans instrument.

J'avais loué un petit appartement dans Greenwich Village, le quartier des artistes et des zozos. Mickey ne sortait que pour ramasser des inconnus semblables à lui, oisifs, baratineurs ; il les ramenait à l'appartement où ils passaient des journées et des nuits entières à boire et à fumer. L'argent que j'économisais depuis des années, il l'a flambé en deux mois. J'ai compris qu'il fallait lui mentir et dissimuler mes cachets. Je disais que je faisais un club quand j'en faisais trois dans la nuit — et je planquais l'argent pour en envoyer chaque mois aux parents et continuer mes cours chez Sokhaloff.

Je rentrais au petit matin et je les trouvais dans notre chambre, lui et ses potes beatniks, défoncés à l'herbe, ivres de bourbon, refaisant le monde de leurs voix pâteuses. Ils étaient là, affalés sur le lit en désordre, et c'était encore heureux si un cendrier plein ne s'était pas renversé entre les draps. Pas un ne me demandait si j'étais fatiguée, si j'avais envie de dormir, besoin de mon lit et de mon espace, tout simplement.

Un matin, je me suis versé moi aussi un bourbon. Ça brûlait la gorge, l'œsophage. Ça tournait la tête. Je ne comprenais pas leur euphorie. J'ai insisté. La brûlure s'est estompée, le tournis aussi. J'ai compris que je pourrais me consoler de cette tristesse de vie sans amour. Ni affection ni sexe. Lui qui avait été un amant merveilleux, voici qu'il ne me touchait plus, trop bourré sans doute. Mon cœur et mon corps — je séchais sur pied tel un sarment brûlé. Toute cette jeunesse absurde en moi, cette vitalité sans emploi, il fallait bien les mater, les assommer un peu.

*

Ricardo : «Il fallait le quitter. Les foutre à la porte, lui et ses copains.»

Elle : «Ce n'est pas si simple, p'tite tête. Entre-temps, je l'avais épousé. Pour ne plus me sentir seule et paumée comme pendant les trois années terribles à Philadelphie. Nos deux familles étaient absentes au mariage. J'étais si peu fière de moi que je n'ai même pas prévenu mon cher papa. Qui sait si lui et Mom seraient venus, de toute façon?»

Ricardo la dévisage, sourcils en accent circonflexe, bouche bée. Elle rit : «Tu croyais que j'étais une femme de trempe, hein, et tu tombes de haut? Je suis la fille la plus idiote au monde dès lors qu'un homme plaisant entre dans une pièce. Dès lors qu'il me dit : "Je sais ce qu'il te faudrait, je vais m'occuper de toi, tu n'auras plus à te soucier de rien", je me soumets et je l'épouse s'il veut de moi.»

Ricardo : «Ça ne vous ressemble pas, mais je vous crois.»

Elle : «J'ai fini par demander le divorce au bout d'un an. Je l'ai obtenu sans difficulté. Ça m'a laissée sur la paille et misérable : je ne pouvais plus payer mes cours chez Sokhaloff et je me moquais de devenir une chanteuse populaire. Je voulais plus que jamais devenir une grande pianiste classique. Mon premier enregistrement en studio avait été une déception artistique (j'ignorais tout encore du vol de mes droits et que j'allais y perdre un million de dollars trente ans plus tard). On ne m'avait même pas attribué de producteur. Juste un ingénieur du son et un arrangeur. Ce n'était pas sérieux. Quelqu'un serait venu me trouver à cette époque et m'aurait proposé 100 000 dollars pour que j'arrête de chanter, j'aurais dit oui tout de suite. Je serais retournée étudier à Juilliard et plus jamais je n'aurais joué dans un club. Cette vie ne m'aurait pas manqué car je la détestais ; ces escrocs médiocres, ces publics sans éducation ni respect, tout ce monde qui se contentait de si peu, satisfait de braire en chœur des âneries à leur portée d'ânes.»

Ricardo : «Vous réalisez que, cette vie, des tas de gens en rêveraient ?»

Elle, haussant les épaules : «Ces gens que tu dis rêvent uniquement d'être célèbres. Peu leur importe comment. Ils n'ont aucune idée du travail, de la sueur. D'ailleurs, ils n'essaient pas d'imaginer les moyens dignes de devenir célèbres. Cette obsession contemporaine d'avoir sa tête sur les écrans. Certains confessent les pires horreurs pour passer à la télé. En Californie, la plupart des apprentis acteurs qui ne percent pas dans le cinéma se tournent vers le X. Ce n'est pas Hollywood Boulevard, la Porn Valley, mais n'importe quelle popularité, même dégradante, même dangereuse, vaut mieux que l'anonymat. Tu as rêvé, toi, de devenir célèbre ?

— Non. Je n'ai pas eu le temps. En devenant papa à dix-huit ans, j'ai cessé d'avoir des rêves pour moi.

— Jamais vu quelqu'un d'aussi vain et velléitaire que ce Mickey. Il griffonnait trois mots sur une feuille de papier à rouler, et il était le nouveau Dickens. C'était ce qu'on appelle un branleur, un pur et dur parmi les branleurs. Aujourd'hui, il finirait dans la Porn Valley, tiens… Au lit il avait du talent. *[Une pause.]* Ça te gêne que je parle ainsi ? Je le vois, je l'entends. Tu baisses les yeux, tu fais craquer tes phalanges.

— En vérité, Miss Simone, je n'ai pas l'habitude de parler de ces choses avec les femmes.

— Voilà. Tu sais à présent comment une fille honnête soudain se dévergonde. Comment elle passe du verre de lait au magnum de champagne. Comment elle devient une vraie chanteuse, de celles qui font le bonheur des patrons de clubs, de la clientèle masculine et des Harry de toute la planète. »

Elle fond en larmes. Elle pleure aussi fort qu'elle crie ou qu'elle rit.

«Où est Shalom? Je veux Shalom.» Ricardo appelle par la baie ouverte, le chien noir arrive au bout d'un moment, langue rose de côté, trempé et couvert de sable.

Nina à son chien : «Tu t'es encore tiré sur la plage, hein? Sale fugueur. Sale petit mec.» Le chien s'ébroue, envoyant dinguer à travers le salon des gerbes d'eau salée et de sable mêlés. Elle rit tandis que Ricardo recense les dégâts sur le canapé et la moquette.

En essuyant d'un revers de main ses yeux maquillés, elle s'est dessiné deux coquarts : «Je ne lui demandais pas grand-chose, à ce petit con. Juste de faire les courses et de sortir la chienne toutes les six heures... Rien d'exténuant. Un matin, je rentre et l'appartement est plongé dans le noir, étrangement silencieux. Je le trouve dans la chambre, seul, blanc comme un linge. À côté de lui, sur le lit, Sheba dort sur un drap de bain. Je m'approche et je vois que Sheba a le crâne ouvert, la mâchoire fracassée. Il supplie, se jette à mes genoux, les enserre... Ce n'est pas sa faute, pas sa faute à lui. Il avait confié à un de ses potes le soin de promener la chienne, mais le type a lâché la laisse, la chienne a traversé le carrefour et une voiture l'a écrasée. Je ne pouvais répéter que ces mots : "Tu as tué ma chienne. Tu as tué ma chienne." Heureusement, je n'avais pas d'arme sur moi — pas encore —, sinon je l'aurais fumé sans trembler. Ça, c'était pour répondre à ta question sur l'absence de photo : les photos avec lui, je les ai toutes jetées. Ce matin-là, après l'avoir foutu à la porte, j'ai vidé ma première bouteille de bourbon.»

Ricardo arrange les coussins du canapé et en brasse un, qu'il glisse sous la tête de Miss Simone. Elle lui attrape la main, la plaque sur son front brûlant.

«Vous avez de la fièvre, Miss Simone. Ou bien c'est l'émotion.

— Tu sais quoi? Je vais me reposer un peu. Sois gentil, mets-moi Bach, s'il te plaît.»

Elle pique du nez aux premières mesures et s'endort sur le canapé de velours. Son ronflement accompagne les partitas en contrepoint. Son ronflement et aussi les cigales par les baies grandes ouvertes sur la pleine lumière de milieu d'après-midi. Ricardo baisse les volets aux trois quarts puis se glisse en dessous pour rejoindre la piscine. Personne n'est là pour le dénoncer. Mireille est rentrée chez elle pour nourrir ses enfants, le Kid est sorti draguer dans les rochers au-dessus de la plage nudiste, Teardrop est à son cours de musculation ou à sa séance d'épilation — enfin, il est en ville pour des heures — et Wendy ne dira rien contre Ricardo depuis qu'il l'a surprise dans le dressing de Miss Simone : ayant enfilé la mythique robe longue en maille bronze et or (un modèle unique, dessiné, offert par Yves Saint Laurent lui-même), elle se dandinait devant le miroir en pied, un micro imaginaire à la main. Il s'est tu, elle se taira.

Il est à peine entré dans l'eau que Shalom l'y rejoint en courant et plonge avec tant d'entrain que la pelouse roussie s'en trouve arrosée. L'une des choses qu'il faut savoir dans la vie quand on est Ricardo, c'est apprendre à aimer ce qu'on n'aime pas. Aimer les chiens de ses patrons alors qu'on a peur des chiens, qu'on trouve ça sale et trop plein de dents. Il faut aussi apprendre à se taire quand la patronne ou le patron se moque de vous, vous traite de froussard et vous assure que leur molosse ne ferait pas de mal à une mouche. Shalom est un grand et gros chien toujours haletant, qui se traîne, accablé de chaleur, et semble supplier qu'on le tonde entièrement, qu'on le soulage enfin de sa longue fourrure noire destinée aux tempêtes hauturières et aux pêches du Grand Nord. Depuis qu'il a nettoyé la piscine — ce cloaque où même un chien n'aurait pas mis une patte —, depuis que Shalom, couché sous l'ombre d'un pin, l'a observé des heures se débattre avec la grosse épuisette au filet troué puis avec le robot Oscar qui ne démarrait pas, Ricardo est devenu l'idole de Shalom. À cette heure, travaillée sans doute par un vieil atavisme de chien de pêcheur, la bête noire a délicatement chopé entre ses crocs le bras droit de son idole pour le sauver de la noyade et entreprend de le haler jusqu'à terre, c'est-à-dire l'escalier du bassin.

*

58

Affamée, Miss Simone contemple le frigo où sont alignés des carafons de soupes rouges, roses, vertes, jaunes.

Elle : « C'est quoi, ça ? On a un bébé à la maison ? »

Ricardo : « Jus de légumes et jus de fruits, comme vous avez demandé. »

Sur un coin de la cuisinière, elle repère une cocotte tiède — le haricot de mouton aux cannellonis que Mireille préparait dès l'aube, un ragoût tout collant, à présent, que Miss Simone scrute avec épouvante, exagérant l'épouvante, bien sûr. « C'est de la bouillie pour chien », décide-t-elle. Au mot chien, le placide Shalom a bondi de sa corbeille dans l'entrée et déboulé dans la cuisine.

« Dis-moi, mon grand, tu crois que tu peux nous réchauffer ça et que ce soit mangeable ? » Ricardo s'exécute, repêche les cannellonis pâteux qu'il jette au chien, en cuit de nouveaux. Elle l'observe, un large sourire aux lèvres. Il est gracile, Ricardo, si vif et gracieux dans ses gestes. « Tu sais où est Wendy ? Non ? Elle se fait de plus en plus discrète. Je me demande si elle n'a pas un fiancé en ville. Elle prend le car tous les jours pour faire du shopping, mais elle rentre les mains vides et l'œil vitreux de qui vient de se faire sauter. Oh ! Pardon... pardon pour le langage. » Ricardo secoue la tête et rit. « Tu ne me crois pas ? Quand elle rentrera, regarde ses yeux. Et quand il rentrera, regarde aussi les yeux de cette morue de Kid. Tu verras que j'ai raison. »

Ricardo est fier : Miss Simone a dévoré son

gratin et le ragoût rehaussé de poivre vert et de gingembre. «Il en a de la chance, le vieux Bobby, si tu lui fais ça tous les soirs.»

On sonne au portail. Le crâne déplumé de Harry la Finance apparaît sur l'écran vidéo.

Miss Simone : «Tu es encore là? Je te croyais rentré à Londres.»

La Finance : «On a défidé de refter deux vours de plus. Pour profiter du foleil, de la mer... et de toi.»

Le petit homme chauve et chuintant n'étant pas coutumier des compliments, elle se méfie. «Qu'as-tu fait de notre vieux pachyderme?

— Il est à l'hôtel où il attend un coup de fil du pays. Un appel important.

— Tu en fais, des mystères. Eh bien, figure-toi que j'ai reçu moi aussi des nouvelles du pays. Cette nuit, un fax est tombé. De Philadelphie. Le Curtis Institute, oui monsieur. Tu sais quoi? *[Elle frappe dans ses mains comme une gamine.]* Ils vont me rendre hommage à l'automne, une cérémonie officielle avec tout le gotha. Et tu sais quoi encore? Ils vont me décerner mon diplôme de l'Institut, un diplôme honorifique avec toutes leurs excuses pour m'avoir refusée autrefois. Cinquante ans! Il leur aura fallu cinquante ans pour reconnaître leur erreur!»

Elle tremble, Miss Simone, tant l'excitation est grande, ses yeux brûlants vont et viennent de l'homme d'affaires à Ricardo, implorant on ne sait trop quoi, des félicitations, peut-être, le signe qu'on partage sa joie, ou rien qu'un mot de sympathie. Mais Ricardo ne comprend pas bien de quoi elle parle et la Finance se tient sur ses gardes, crispé, clignant des yeux, comme flairant un danger.

## Hall of Fame 2

On a déroulé le vélum au-dessus de la terrasse.
Si l'on en croit la langue pendante du chien et
le crâne écarlate de Harry la Finance, la chaleur
est à son apogée. Nina agite sur sa gorge nue
un grand éventail de raphia aux couleurs de la
Jamaïque, à moins que ce ne soient celles du
Kenya.

L'Ancien est arrivé sur ses jambes en canard,
son gros ventre le précédant, avec un carton à
pâtisserie qu'il balançait au bout de son index
passé dans la faveur rose, comme s'il avait voulu
danser. Dans la fournaise (et parce qu'il ne
marche pas vite, tout encombré de son corps), la
tarte aux fraises a tourné : au fond du carton, les
fruits blets nagent dans une flaque de crème et
de gelée rouge que seules les guêpes convoitent.
Déçu, l'Ancien reprend son souffle peu à peu et,
sur ses lèvres étirées par l'effort, un sourire se
dessine enfin.

«Les enfants, on est dans une sacrée veine en
ce moment. C'est la semaine des bonnes nou-

velles.» Miss Simone hausse un sourcil, fronce l'autre.

Un jeune label de Los Angeles veut enregistrer une sélection de ses plus belles chansons. «Pas forcément ses plus grands succès, m'ont-ils dit. Ses chansons préférées à elle. Elle a été absente des studios si longtemps. On veut qu'elle se fasse plaisir.» L'Ancien guette une réaction qui ne vient pas : Miss Simone garde son masque de défiance, un sourcil qui interroge, l'autre qui soupçonne. «Ils te laissent le choix des chansons, tu comprends?... Ils t'abandonnent la direction artistique. Bref, tu es libre comme l'air, tu contrôles tout. Et je nous ai décroché une coquette avance.»

Miss Simone écoute le montant, ahurie, puis explose : «Et tu es content de toi? Il manque un zéro, espèce d'incapable! Traître! Ne vois-tu pas que tu me ridiculises?..., à l'âge que j'ai..., après tout ce que j'ai fait! Tu sais qui je suis? Tu crois qu'on peut me brader? Non mais, tu sais ce que je vaux? Oui, tu dois bien le savoir puisque c'est moi qui depuis vingt ans paie tes bagnoles, tes cigares, tes grognasses, jusqu'à tes slips et tes chaussettes.»

Harry l'Ancien hoche la tête, murmure : «Navré.» Avant d'entendre les mots familiers, *Tu es viré*, il inspire un grand coup, hisse sa carcasse et sa panse, puis quitte la terrasse en abandonnant dans le pot d'un oranger son bout de cigare mouillé. Selon une dramaturgie éprouvée, Miss Simone enrage et lui ordonne de revenir, la Finance rattrape l'Ancien au portail, ils palabrent quelques secondes puis reviennent bras dessus-bras dessous. La discussion peut reprendre dans l'ombre brûlante du vélum.

Harry l'Ancien : «Je sais que tu es à cran, Nina, que tu te soucies pour le concert à Nîmes puis la tournée. Ces affaires-là, tu me les as retirées pour les confier au jeunot. Ce n'est plus mon domaine. Si tu veux que je garde un œil sur les spectacles, tu me le dis et je trouverai un arrangement avec lui. D'ailleurs, où est-il passé celui-là?»

Miss Simone, voix sépulcrale : «Parti zoner, la queue au vent dans les rochers. Il faut croire que la chasse est bonne.»

La Finance : «Mon Dieu, quelle indéfenfe.»

L'Ancien : «Y a pas à dire, Nina, tu as l'art de t'entourer.»

Nina : «Et tu es la preuve vivante que ça ne date pas d'hier.»

L'Ancien : «Parlons-en, de mon âge. Je n'ai plus la force pour tous ces drames, tous ces esclandres. Mon cœur est usé, ont dit les toubibs, mes artères sont bouchées, je peux faire un accident d'un jour à l'autre, à la moindre émotion, la moindre hausse de tension. Et tu me fais monter la tension, Nina. Si tu en as assez de moi, cessons là, en bons amis.»

Elle : «Je ne veux pas me séparer de toi. Je veux que tu t'occupes de moi aussi bien qu'avant, que tu redeviennes l'imprésario que tout le monde m'envie.»

L'Ancien : «La vérité, Nina, c'est que mon télé-phone ne sonne plus pour toi. Cette médiocrité de hip-hop a tout écrasé. Ce sont mes deux rappeurs qui me font vivre aujourd'hui. Et crois-moi, toute chiante et ingrate que tu es, je préfère de loin passer une journée avec toi que de partager une bière avec l'un de ses abrutis.»

Miss Simone n'a pas cillé. Pas un muscle du visage n'a frémi. C'est comme si elle n'avait rien entendu. Elle prend sa voix suave : «Soyez gentils, maintenant, partez, laissez-moi seule.»

*

«Comme vous êtes belle, Miss Simone.»

Ricardo a tiré une chaise de la cuisine dans l'entrée, afin qu'elle puisse y reposer son dos farceur.

«C'est le Town Hall, une merveilleuse soirée. Regarde comme le public est chic, regarde les belles lumières. Mon fourreau en dentelle ivoire est signé Christian Dior et ce chignon que tu vois, entièrement faux, a été édifié sur ma tête par le plus grand coiffeur de Manhattan. Le gros bracelet de brillants qui pend à mon poignet est un cadeau d'un gars qui me fait la cour, qui plus tard me demandera en mariage.

«La chance était revenue en la personne d'un avocat d'affaires, Max Cohen. Il m'a sortie de l'impasse où piétinait ma jeune carrière en me faisant signer un contrat chez Colpix, pour dix albums. Et il m'a décroché ce premier récital au New York City Town Hall, la mecque du classique. Ma première grande salle, géante, majestueuse comme un paquebot à l'ancre dans Broadway.

« Il fallait oser, tu sais, propulser une chanteuse de variétés habituée des clubs dans une salle pareille : il était formidable, ce Max, il était mon guide et mon plus sûr conseil pour débusquer les pièges d'un milieu pourri.

« Je me rappelle mon excitation ce soir-là. J'ai écarté deux pans de rideau rouge dans la coulisse et jeté un œil dans la salle. Les femmes étaient en robe longue, les hommes portaient smoking et pas un seul n'avait un verre en main ; aucune vendeuse de cigarettes ne venait se trémousser devant eux avec son éventaire. Mickey était là, au troisième rang, que j'avais fait inviter en signe de paix. Nous n'étions pas encore divorcés, je n'oubliais pas le sort de Sheba — mais j'apprenais à pardonner et surtout j'avais besoin d'un visage familier dans ce monde intimidant, pour une épreuve que je savais capitale.

« J'avais les larmes aux yeux en regardant le grand piano à queue — après tant d'années passées sur les crincrins désaccordés des clubs. J'étais jeune, j'étais grande, j'étais mince, je portais une robe qui me rendait belle et j'avais ce don de Dieu : au piano je m'asseyais, au piano je triompherais. »

*

Une chose a de quoi troubler dans cette galerie de portraits, une permanente impermanence : d'une photo à l'autre, Ricardo a le plus grand mal à reconnaître Miss Simone. Selon les jours, selon les nuits, elle ne se ressemble pas.

Ce n'est pas qu'une question de maquillage (le mascara et l'eye-liner ont fait leur apparition), une affaire de faux cils ou de longueur de cheveux, même si les perruques amusent Ricardo, cheveux gonflés au sommet du crâne puis rebiquant sur les épaules comme restés roulés autour d'un invisible bigoudi, ou bien chignons postiches dressés au ciel en un défi à la pesanteur. Il y a cette mouche aussi, fantaisie facétieuse, qui apparaît sur une pommette pour se poser sur l'autre au cliché suivant. Non, ce ne sont pas ces artifices changeants qui la rendent parfois méconnaissable et lui font perdre ou prendre dix années en quelques jours : c'est un sourire qui rayonne ou qui peine, un œil vague ou affûté, un teint lisse ou bien brouillé. *C'est la fatigue*, dira-t-elle pour commenter une photo de groupe où elle-même peine à se retrouver dans les traits tombants et sans éclat d'une jeune femme en corsage de dentelle blanche, jupe droite et serre-tête, blanc lui aussi. *La fatigue qui m'est tombée dessus toute jeune et ne m'a plus jamais quittée.* Ricardo hoche la tête, feignant de comprendre en quoi la fatigue pourrait vous défigurer ainsi.

\*

«La presse était dithyrambique, les meilleurs papiers que j'aie jamais eus de toute ma carrière. En même temps que la consécration artistique de Town Hall, j'ai connu mon premier tube. Un copain blanc, DJ dans une radio de Manhattan, m'avait signalé que ma version de *I Loves You Porgy* était en très bonne position dans plusieurs hit-parades du pays ; je ne mesurais pas ce que ça voulait dire, concrètement, jusqu'au jour où j'ai reçu un chèque de dix mille dollars.

« J'ai déménagé dans un six-pièces meublé et moquetté de la 103ᵉ Rue, au onzième étage. Une salle de bains gigantesque, un dressing encore plus grand, tout tendu de miroirs. Une jeune bonne était à mon service, Mary. Regarde, vise un peu la vue que j'avais sur Central Park. C'était beau, non ?

« Le lendemain, je suis allée chez Mercedes m'offrir un cabriolet gris métallisé avec sièges capitonnés et garnitures en cuir rouge. Du cuir cousu main. Et tu sais quoi ? Je me suis acheté un chapeau du même rouge cerise puis j'ai décapoté et j'ai roulé des heures dans le Village, en me sentant bien, en me sentant forte enfin.

« J'aurais pu rouler ainsi, fière, jusqu'à Philly et me montrer à mes parents. Mais la révérende n'aurait pas apprécié. Elle aurait eu à peine un regard pour ma voiture et mes beaux habits — sinon un regard de mépris. Non, elle n'aurait rien montré que sa froideur, ses lèvres seraient restées closes. Elle n'aurait même pas dit merci pour le chèque qui allait faire vivre la famille pendant plusieurs mois. J'étais une mauvaise fille en divorce de Dieu et de la musique décente. Pas une photo officielle de moi dans cette maison, pas une coupure de presse dans les tiroirs. Pas un disque de moi, évidemment.

« J'étais célèbre, on me reconnaissait dans la rue, on m'offrait des concerts dans tout le pays, mes disques sortaient en Europe… Les télévisions me demandaient, les stars de cinéma aussi me réclamaient à leur table, Lauren Bacall, Frank Sinatra, la minuscule Natalie Wood… Mes amis étaient écrivains, Langston Hughes, James Baldwin, Lorraine Hansberry. J'allais voir les performances d'Allen Ginsberg, je n'aimais pas vraiment sa poésie mais lui était un type adorable. Je prenais le temps d'aller dans les musées, les galeries, les théâtres. Ma vie pourrait-elle jamais être plus belle ? J'étais la coqueluche du moment et une petite voix en moi susurrait : *Profite, Eunice, ça n'aura peut-être qu'un temps*. Eunice, c'était mon vrai nom. Maintenant je l'ai oublié. Cinquante années passées dans la peau de Nina Simone m'ont fait oublier mon nom. Et c'est une drôle de chose, à la fin, que de devoir porter un nom qui n'a jamais été le sien. Pour vivre un destin qui n'était pas le sien. »

Elle est dans sa loge du Village Gate, vêtue d'une longue robe blanche drapée à l'antique et fermée sur son épaule droite par une fibule incrustée de pierreries. Elle est pieds nus, ses escarpins de satin renversés au sol. En arrière-plan on voit deux hommes fumer et se tourner le dos, tandis qu'un troisième, grimaçant sous l'effort, s'apprête à ouvrir une bouteille de champagne.

« J'étais si seule. On ne dirait pas, comme ça,

à voir ces types à mes pieds qui mendiaient un rendez-vous, qui me couvraient de fleurs aux parfums capiteux — des bouquets blancs, exclusivement — au point que j'éternuais en entrant dans ma loge, je toussais, je pleurais. Mais j'étais seule avec mes lys et mes tubéreuses, ces bombes de pollen que la petite Mary emportait à l'appartement après le récital. L'ivresse du succès passée, la vaine flatterie de ces flirts émoussée, j'ai pris peur du temps qui filait. J'avais vingt-sept ans, tu comprends, un âge où, dans mon milieu, on est censée être mariée et mère de famille. Ma vie avait déjà pris son pli épuisant et se résumait assez vite à trois mots : tournées, avions, hôtels.

« C'est alors que j'ai commencé à le regarder de plus près, l'autre, la baraque, le plus assidu de mes courtisans, qui se disait caissier de banque et à ce titre portait sous son aisselle un holster avec un automatique dedans. Il m'offrait des fourrures, des diamants et des dîners dans les grands restaurants, sans que je songe jamais, dans mon indécrottable naïveté, à m'interroger sur l'origine d'un tel train de vie. Il a fini par me demander ma main et, comme j'acceptai, il a avoué dans un éclat de rire qu'il était flic depuis quatorze ans, sergent détective au poste de la 26e circonscription. S'il m'avait menti lors de nos précédentes sorties, c'est qu'il pensait qu'une fille comme moi ne devait pas tenir les flics en très haute estime. Quatorze années à sillonner les rues de Harlem, ça vous forge un gaillard — une légende aussi. Des bruits terribles couraient sur lui, que de bonnes âmes ont fait parvenir à mes oreilles, comme cette rumeur selon laquelle il aurait balancé un type du toit d'un immeuble. Personne n'a jamais pu confirmer. Pourtant, lorsque tu évoquais cette histoire dans Harlem, les visages s'assombrissaient, qui tous semblaient dire : *On ne sait pas s'il l'a fait ou non, mais assurément il en était capable.* Moi-même je l'en sais capable, après tout ce qu'il m'a fait.

« Je n'ai pas posé la question de ses revenus. Toute cruche que j'étais, je commençais à me dire qu'en amour, mieux vaut ne pas tout savoir. »

*

Soudain, elle porte une alliance et un nourrisson dans ses bras. Un homme de belle stature, peau café au lait et fine moustache, regarde avec insistance la jeune mariée et le bébé dans ses langes.

Ça dure à peine cinq photos sur le mur.

Puis l'homme disparaît et l'alliance avec lui.

## Des heures tendues

Certains jours sont plus remuants que d'autres. Comme en ce matin où l'on n'attend pas moins de cinq visites. La première est celle d'une avocate française, M^e Zoé Pellegrini, une jeune femme frêle et discrète, yeux noisette, cheveux châtain clair, si confuse dans ses gestes, si hésitante dans ses regards que Ricardo en tombe amoureux dès l'instant où il ouvre la porte et la débarrasse de son grand parapluie — elle est si menue, le parapluie entre ses mains semble un parasol.

Miss Simone apparaît sur le palier. Elle porte sa djellaba noire au col et au plastron rebrodés de fil d'or. «C'est vous?», dit-elle depuis le palier, puis elle entreprend de descendre l'escalier sans se tenir à la rampe. Ricardo a peur, l'avocate a peur aussi. Elle y parvient pourtant.

Zoé Pellegrini : «Je passe en coup de vent, Nina, sans prévenir. Pardon, j'ai honte, mais j'ai aussi de bonnes nouvelles. Des nouvelles encourageantes, disons. J'ai parlé au procureur, qui n'a pas fermé la porte à mes arguments. Il y a bon espoir que nous gagnions en appel. »

Nina embrasse la jeune femme sur les deux joues puis, oubliant son dos cassé, la soulève dans les airs et la fait tournoyer — c'est là qu'on voit que Miss Simone est un sacré gabarit de femme.

Zoé : « Eh ! Ce n'est pas fait. On doit d'abord indemniser la victime. Il me faut un chèque tout de suite. »

Miss Simone appelle le Kid.

Elle : « J'ai besoin de six mille dollars. »

Lui : « Ah ? Sur quel compte ? »

Elle : « C'est toi qui vois. »

Lui : « Compris. Je fais un chèque tout de suite. »

Mᵉ Pellegrini, attendant que le Kid quitte la pièce : « Nina, juste une question. Vous en avez combien, des comptes bancaires ? »

Elle : « Je ne sais pas au juste. Une dizaine, peut-être, avec les sociétés à mon nom — sociétés bidon, autant vous le dire, Zoé. »

Mᵉ Pellegrini a scellé ses lèvres d'un index impérieux : silence. Miss Simone demande à Ricardo de refermer la double porte derrière lui. Dans la cuisine, Mireille parle à voix basse avec le livreur de l'épicerie : Ricardo reconnaît quelques mots de français, *piscine, mino, blessure,* il imagine que c'est un gosse du bourg qui s'est introduit dans la villa pour faire une farce ou chiper des trucs. Ou bien des vandales, encore, des dégueu-lasses. Miss Simone est si célèbre, si vulnérable — pas du tout maligne comme les autres prétendent.

«On ne tire pas sur un enfant», a chuchoté Mireille, et le livreur a enchéri : «Célèbre ou pas, blanc ou noir, ça ne se fait pas.» Ricardo ignore cette acception du verbe *tirer*.

Les portes du salon se rouvrent, Nina retient la visiteuse : «Expliquez-leur bien qui je suis, hein?»

M^e Pellegrini : «Ils savent qui vous êtes, Nina!»

Elle : «Non. Dites-leur que mon nom entier est docteur Nina Simone, que j'ai reçu ce titre du Malcolm College de Washington et de deux autres universités américaines… Que je suis ambassadrice honorifique de Côte d'Ivoire, que j'ai reçu la médaille du Liberia et la médaille de la ville de Lagos. Que le Curtis Institute, qui m'avait recalée quand j'étais élève concertiste, m'a supplié d'accepter ses excuses et m'a décerné un diplôme exceptionnel. Enfin, dites-leur bien que je n'ai pas pu me rendre au premier procès parce que Nelson Mandela me voulait à Cape Town pour fêter ses quatre-vingts ans. Ce n'était pas de la désinvolture ni de la lâcheté. Mandela m'envoyait un avion pour être certain que je vienne. On ne refuse pas ça à un homme si grand.»

M^e Pellegrini : «Je leur dirai tout cela, soyez-en sûre. Reposez-vous. Faites-moi confiance.»

Au mot confiance, Miss Simone a fait comme un bond en arrière et un rictus incrédule lui a échappé.

La femme douce ne se défait pas de son sourire bienveillant. Ricardo lui tend son parapluie. «Quel temps!» dit-elle en voyant la pluie d'été cingler les vitres à l'oblique. Ricardo hausse les épaules avec l'air idiot, un peu dérangé, d'un homme surpris en train de se masturber. «D'ici à mardi, veillez à ce que Nina ne s'inquiète pas. J'ai bon espoir quant à l'issue de notre affaire.»

Ricardo se mord la lèvre inférieure. Zoé lui sourit. Ses lèvres à elle sont roses, rose pâle, à peine gercées par le soleil et l'eau de mer. Elle lui sourit : «Vous ne savez pas de quoi je parle, hein ? C'est ça ? Tant mieux. Ce n'est pas intéressant à savoir.»

*

Jean-Didier, le kiné, est resté deux heures au lieu de l'heure habituelle. Sur son conseil, Miss Simone a ingéré plusieurs bols de thé au citron puis de l'argile verte diluée dans de l'eau tiède. Pour restaurer la circulation sanguine dans ses jambes lourdes, le kiné a comprimé entre pouce et index l'artère fémorale gauche de Nina. Jusqu'au moment où elle a perdu connaissance. Là, Jean-Didier a pris ses jambes à son cou. Une chance pour lui : à son réveil, Miss Simone a tout oublié. Elle a la nausée, vomit des litres d'un liquide verdâtre dont elle ignore la formation en elle. Elle est debout au milieu de son dressing, nue et ne sachant par où reprendre pied. Elle appelle Wendy qui la rhabille en vitesse, puis elle descend au salon et réclame du champagne — et c'est Ricardo qui s'y colle. Ricardo sait maintenant comment la faire manger quand elle voudrait seulement boire : il grille des tranches de pain frottées d'ail, les couvre d'anchois marinés ou de poutargue, puis il arrose d'huile d'olive. Miss Simone adore. Elle mange en s'en foutant partout, mais les taches d'huile sur la robe seront le problème de Wendy.

« C'est guère malin, Ricardo. Maintenant, je dois nous rhabiller entièrement.»

Cette manie exaspérante qu'ont les gens de dire *nous* pour parler d'une personne archiseule, qu'ils n'aiment pas, n'aimeront jamais — une créature si seule qu'elle n'a plus nombre, ni nom ni pronom.

Wendy insiste : «Et j'ai mon équipe télé qui trépigne sur la terrasse, qui attend depuis plus d'une heure en plein cagnard.»

Ricardo : «Je vais descendre le store, leur proposer des rafraîchissements.»

Wendy : «Tu comprends... je ne suis pas serveuse. Ce n'est pas dans mes attributions.»

Ricardo : «Pas de souci! Remonte au précieux vestiaire. Ton domaine réservé, pas le mien. Éponges-y le vomi. Bonne chance avec la moquette.»

*

Parfois on rit aussi, il faut bien le reconnaître. Peu avant le grand récital tant attendu, plusieurs journalistes sont venus à la villa, des gens de la presse écrite avec parfois un photographe attaché à leurs basques (Miss Simone les terrorisait tous, du moins essayait-elle et ça marchait neuf fois sur dix), mais encore des gens de la télévision, beaucoup plus envahissants, eux, avec leurs caméras, leurs perches et toute une troupe aux missions mal définies qui semble ne pas s'affairer beaucoup, à part siffler des bières et griller des clopes — ceux-là ne se laissaient pas intimider et Miss Simone filait droit.

Cet après-midi-là, pas de chance pour lui, le journaliste descendu de Paris trouve une Nina Simone épuisée par les analgésiques et le reste.

Toutes dents dehors, Kid Harry serre la main du journaliste puis, inspiré, lui donne une vigoureuse accolade comme à un vieux pote de l'équipe universitaire de basket. Le journaliste — un petit homme rondouillard qui n'a pas dû toucher beaucoup de ballons dans sa vie — recule un peu devant ces effusions puis sourit, intimidé, à la chanteuse rencognée dans sa bergère en velours vieil or. L'index crocheté, elle fait signe au journaliste d'approcher et lui indique sa place sur le canapé face à la bergère.

Kid Harry : «Bon, je vous laisse tranquilles. *[Au visiteur :]* Trois quarts d'heure, ça ira?»

Le journaliste, tendu, s'éclaircissant la voix : «Oui, ça devrait aller.»

Miss Simone fronce les sourcils en direction de Kid. Le journaliste intercepte le regard furieux : «Mais si vous êtes fatiguée, *madame*, je peux raccourcir mes questions.»

Elle : «Je ne suis pas fatiguée. Je suis en pleine

forme. Je prépare ma nouvelle tournée et je me plie à un entraînement d'athlète, course, natation, diète.»

Un malin sourire traverse la face de Kid Harry au moment où il referme sur lui la double porte capitonnée du salon. Dans la théière marocaine qu'il a posée sur le guéridon, contre la bergère, ce n'est pas du thé au citron qui refroidit, c'est du bourbon bien frappé.

La tête plongée dans sa besace, le journaliste en sort confusément un stylo-feutre, une feuille volante où sont écrites ses questions et un enregistreur à peine plus gros qu'un briquet.

Sa première question n'en est pas une : «C'est beau, ici. La maison, la plage…»

Elle : «Vous aimez? J'ai vécu au Liberia, savez-vous? J'y avais une maison sur une plage sauvage mille fois plus belle que celle-ci. Vous voulez qu'on parle du Liberia?»

Le petit homme boudiné dans son pantalon de cuir noir et sa veste de camouflage s'éponge le front d'un revers de la main, la chaleur peut-être, à moins qu'il ne sue l'angoisse lisible déjà dans ses yeux qui clignent plus vite.

Il tousse pour raffermir encore sa voix, cette voix traîtresse qui n'aurait pas fini de muer et qui le laisse désarmé face aux créatures comme Nina Simone.

«Je comptais vous interroger sur la cause noire. Vous pourrez évoquer à cette occasion le Liberia, bien sûr, *madame*.»

Nina Simone éclate de rire, un rire haut et clair

— juste un peu trop haut : «J'en ai vu des journalistes, je peux le dire, mais un empoté comme vous, jamais! Faut pas être timide, je ne vais pas vous manger. On raconte beaucoup d'horreurs sur moi, mais, que je sache, on ne m'a pas encore accusée de cannibalisme.»

Le bonhomme sourit, se détend un peu, vérifie une nouvelle fois l'état de marche de son magnéto de poche. La sueur de son front goutte sur ses mains.

Elle : «Pas de manières entre nous, jeune homme. Tombez-moi cette veste ou vous allez tourner de l'œil.»

La veste ôtée, une nouvelle gêne empourpre le visage du bonhomme : son tee-shirt trop large est trempé aux aisselles, il pense qu'on ne voit que ça, aussi il serre ses bras contre son torse, comme si soudain il grelottait. Mais elle ne voit rien. Elle est allée ouvrir à Shalom qui pleurait et grattait à la porte puis, dans l'attente d'une première question, s'est mise à parler au chien. Par charité, peut-être, pour couper court au malaise. Ou par impatience — nouvelle rasade de *thé glacé* dans le gobelet gravé d'arabesques.

Pour le journaliste, Kid Harry a d'autorité laissé sur la table basse une bouteille d'eau, une cannette de Coca, une autre de bière. «On peut commencer, madame, si vous êtes prête.» Nina Simone hausse les yeux au ciel et soupire : «Je vous en prie, oui!»

# Une interview

*Vous voici de retour sur scène en France, après plusieurs années de silence et avant une tournée mondiale. Que s'est-il passé ? Une traversée du désert, ou une envie délibérée de vous retirer ?*

NINA SIMONE — J'en ai connu, des traversées du désert, comme vous dites. Traversées de l'enfer, oui ! Après la gloire des années soixante et soixante-dix, on m'a vue retourner dans des petits clubs à Manhattan, dans des cabarets à Paris. Les gens s'étonnaient que je sois tombée si bas, pourtant ils m'accueillaient toujours comme une star. Puis je disparaissais quelques années, on me croyait définitivement hors circuit, alors que je me retapais quelque part en Afrique ou aux Caraïbes. Et je revenais toujours. À nouveau, je décrochais Carnegie, l'Olympia, le City Hall, et vos confrères titraient sur mon grand come-back. Je suis un être à éclipses. Qui ne se laisse pas figer dans un rôle. Ma mémoire aussi est à éclipses. Ma mémoire et moi, on s'entend très bien. On va faire un effort pour vous.

*On vous sent distante de la scène jazz, alors que vous en êtes sans doute la plus prestigieuse représentante.*

N. S. — Ai-je jamais dit que je faisais du jazz ? J'ai dit ça, jeune homme ? Dès mes premiers succès, la critique américaine s'est acharnée à m'étiqueter, à me faire entrer dans un registre. Vous connaissez mes disques ?

*Bien sûr ! Je ne serais pas là sinon.*

N. S. — Hum. Si je pose la question, c'est au souvenir de certains de vos confrères moins scrupuleux… Quand vous écoutez mes disques, vous ne pouvez pas dire que c'est purement du jazz. Je ne fais pas du gospel, je ne fais pas du folk, je ne fais pas du swing, je ne fais pas du blues, je ne fais pas de la pop, et je ne fais surtout pas de jazz. J'invente la musique classique noire. Écrivez bien ça.

*Pardon d'insister, mais que reprochez-vous au jazz ?*

N. S. — Si je lui reproche une chose, c'est d'être un concept de Blanc. Pour la plupart des Blancs, jazz égale Noir, et Noir égale crade. C'est pour ça que je n'aime pas ce mot, et Duke Ellington ne l'aimait pas non plus. C'est un terme qui sert juste à identifier les Noirs, à les stigmatiser.

*Comment expliquez-vous alors que les Blancs eux-mêmes aient versé dans le jazz ? Que des jazzmen blancs soient salués dans le monde entier ?*

N. S. — Je ne me l'explique pas car c'est juste de la connerie ! Seuls les Noirs peuvent en faire.

Certains Blancs parviennent à nous imiter pas trop mal. Mais ça reste ennuyeux et plat comme une copie. L'exception c'est Debussy, le premier musicien blanc qui ait écouté le jazz et l'ait assimilé dans sa musique. Je dis bien assimiler, pas édulcorer, pas chercher à faire cet affreux jazz d'ascenseur qu'on entendra par la suite. Debussy et moi, on a fait la même chose, mais en sens inverse. Ce génie avait compris qu'on est incapable de faire du jazz si on n'a pas eu au moins un grand-parent esclave. Que c'est sans espoir. Que c'est même assez prétentieux, si on y réfléchit. Regardez ce pauvre Woody Allen, qui se couvre de ridicule avec sa clarinette astiquée par la bonne.

*Mais vous avez toujours eu des musiciens blancs à côté de musiciens noirs. Le quintet avec lequel vous allez vous produire bientôt est entièrement blanc.*

N. S. — Je préfère les musiciens blancs pour la pop et le folk. Et puis… ils me respectent. Ils me traitent mieux. Les Frères, ils croient toujours qu'ils vont m'apprendre mon métier et me donner du talent — même quand le talent leur manque. C'est très dur, ce *music business*, quand vous êtes une femme, quand vous devez tourner des mois entiers avec des types qui pensent qu'ils valent mieux que vous. Mais quand vous êtes une femme noire, c'est tout bonnement un métier de chien.

*Un métier de chien ? Avec tout votre succès, un métier de chien ?*

N. S. — Ça vous intéresse, le succès ? Vous voulez qu'on parle du succès ? Mais vous, les gens de votre génération, vous confondez succès et valeur, comme vous confondez nouveauté et progrès...

La fatigue se lit sur le visage de Miss Simone ; l'agacement aussi, car la théière est vide. Peu à peu, elle cesse d'écouter les questions et parle, les yeux fixes, regardant droit devant elle, elle raconte ce qu'elle a décidé de raconter. Elle ne dialogue plus, elle sermonne, elle prêche comme au temps de son enfance ses parents le faisaient dans la chapelle méthodiste de Tryon.

« C'est un piège. Pour moi, ç'a été un piège. J'ai aimé l'argent qui tombait soudain, ne plus avoir à m'inquiéter du lendemain, à donner des cours de solfège ou de chant à des gosses sans talent. L'argent vous fait vous mentir à vous-même, on se trahit par une sorte d'étourderie ou de fausse ingénuité. J'acceptais tous les enregistrements qu'on me proposait, je chantais dans cinq clubs à la fois en me disant que je mettais de l'argent de côté pour me réinscrire à la Juilliard School, reprendre mes études classiques. Imaginez un grand poète crevant la faim dans un squat du Bronx, à qui une agence de Park Avenue propose un pont d'or pour écrire des slogans publicitaires. Il écrit ses slogans le jour, la nuit il se ruine la santé sur ses futurs poèmes. Puis le succès lui vient, mais comme publiciste. On le reconnaît, on le fête, il roule sur son pont d'or. Peu à peu, il abandonne sa poésie, ou bien c'est la poésie qui le quitte. Il est sacré enfin, il reçoit des prix au titre de meilleur rédacteur de l'année. Des prix locaux, puis des prix nationaux, à L.A., à Miami, à Frisco. Il a vaincu. Il règne au plus haut, sauf qu'il plante son oriflamme sur le mauvais sommet. Je suis pareille à ce poète dévoyé. Peu à peu, sans m'en rendre compte, sans le décider, j'ai abandonné mon rêve d'enfant et de jeune fille, devenir une grande concertiste classique. Ou bien c'est mon rêve qui m'a abandonnée. J'ai oublié peu à peu mon échec au Curtis Institute, ce désir que j'avais de me présenter une seconde fois au concours et d'y prendre ma revanche. Mais l'amertume est restée là, en travers de la gorge.»

Une voix de fausset la tire de sa torpeur.

*Qu'est-ce que ça peut vous faire, cet échec au Curtis? Vous êtes si célèbre. Vous avez gagné.*

N. S. — T'es con ou bien t'es sourd? Imagines-tu seulement l'humiliation que ce fut? Figure-toi que mes parents avaient quitté leur bourgade de Caroline du Nord et leur vie de toujours pour emménager avec mes frères et sœurs à Philadelphie. Ils avaient tout lâché pour venir m'épauler. Tant ils étaient certains que j'intégrerais le Curtis. Tous ces espoirs fondés en moi depuis douze ans, tous ces êtres qui comptaient sur moi, qui misaient tout sur moi et découvraient que j'étais le mauvais cheval. J'ai reçu des coups dans l'existence, et très tôt. Mais d'une gifle pareille, tu ne te remets jamais.

*Dans vos* Mémoires, *vous dites que c'est votre mère qui ambitionnait de vous voir devenir la première pianiste classique noire de tous les temps. Mais vous, étant si jeune, que vouliez-vous au juste? Ça vous plaisait, d'être au piano sept heures par jour?*

Pas de réponse. Nina Simone détourne ses yeux noyés de chagrin. Ses mains prenant appui aux accoudoirs du fauteuil, elle se dresse, maladroite, manque d'écraser le chien à ses pieds, lequel sursaute et s'enfuit.

Elle ouvre les portes, gueule dans le couloir :
«Eh! Tête de nœud! Rapplique ou je t'égorge à mains nues. C'est qui ce type que tu m'as refilé, qui pose des questions dégueulasses? Et il ne prend même pas de notes. J'ai l'impression de parler dans le vide.»

Avec maints gestes, le Kid veut rassurer le journaliste qui déjà enfile sa veste de baroudeur; il lui fait signe de rester assis.

Plus blanc que la mort, le journaliste lève la main pour demander la parole : «J'ai un magnétophone, madame, il est sur la table basse, devant vous. *[Il lui montre le témoin lumineux sur le côté de l'appareil.]* Il tourne, ne vous inquiétez pas : j'enregistre. Je vous l'ai dit. C'est plus sûr.»

Elle : «Plus sûr pour qui?»

Lui, n'osant dire la vérité, que c'est plus sûr pour lui parce que les clientes comme elles sont tellement injustes, changeantes et oublieuses de leurs paroles qu'il vaut mieux en garder une trace enregistrée, une preuve : «Pour vous. Ainsi, je suis certain de reproduire vos paroles mot pour mot.»

Elle, reprenant place dans la bergère, moue incrédule : «C'est tout à ton honneur, p'tite tête. Mais ne parle plus jamais de ma mère comme ça. *[Elle appelle dans ses mains en cornet.]* Ricardo, tu es là? Ricardo, mon ange, apporte-nous du champagne. Une bouteille avec deux coupes pour mon invité et moi.

Le journaliste s'empresse : «Pas pour moi. Jamais d'alcool.»

Miss Simone, voix rocailleuse : «D'après toi, Ricardo, ils vont les chercher où, aujourd'hui, leurs critiques musicaux? Dans les jardins d'enfants? À la sortie des crèches? *[Se tournant à nouveau vers le journaliste :]* Je ne sais pas qui t'a éduqué, p'tit cul, mais il faut que tu saches ceci : on ne laisse pas une dame boire seule. Même si on a prêté serment au Seigneur de ne jamais toucher à l'alcool, même si on a la gueule de bois ou une jaunisse, on fait semblant d'accompagner la dame.»

Dans la cuisine, Ricardo dresse le plateau avec soin, fait briller le seau en argent, vérifie la netteté des coupes de cristal, sort une serviette festonnée pour en entourer la bouteille. Il y pose aussi le cendrier préféré de Miss Simone, un cendrier en cristal lui aussi, taillé en forme de tortue, un paquet neuf de Dunhill dont il a ôté le film plastique et une pochette d'allumettes imprimée au nom de la chanteuse. Personne ne sait plus d'où viennent ces allumettes, il en existe un buffet plein — le cadeau de quelque admirateur un peu pyromane, sans doute, ou bien le caprice de Miss Simone elle-même qui prétend que c'est pratique car ainsi on ne lui vole plus ses allumettes. Et il n'y a rien de plus frustrant que de manquer de feu lorsqu'on veut s'en griller une.

Ricardo sourit, se parle à lui-même en filipino. *P'tite tête. P'tit cul.* Si elle traite les gens importants aussi mal que lui, c'est peut-être que dans son esprit envapé ces mots ne veulent rien dire de précis (le journaliste n'a-t-il pas un gros popotin ?), que c'est juste sa façon à elle de faire chier ceux qu'elle aime bien, comme elle dit.

Elle vide sa coupe d'un trait, fait signe à Ricardo de lui en verser une deuxième puis de déguerpir.


N. S. — Je voulais vivre dans d'autres sphères. Est-ce que tu peux comprendre ça ? J'étais destinée à l'art et je ne suis pas dupe : ce que je chante la plupart du temps, c'est juste bon à illustrer les pubs à la télé. Et c'est ainsi que je gagne des fortunes parfois. Enfin… je ferais mieux de dire que je *rapporte* des fortunes car, moi, je n'en vois pas la couleur, pas l'ombre d'un billet vert.

*Vous êtes toujours en procès avec le patron de Melvin Records ? Celui que vous avez voulu poignarder, dit-on.*

N. S. — Pffff. Je refuse de parler de ça. Sûr que j'ai été arnaquée, mais j'aurai le dernier mot. Sinon, Dieu se serait crevé pour quoi ? Dieu n'investit pas sans raison en une gamine noire et pauvre d'un bled du Sud. Je ne sais pas qui a raconté cette histoire de poignard, c'est absurde, je serais incapable de me servir d'une arme blanche. C'est avec mon *gun* que je l'ai menacé, un semi-automatique que m'avait confié mon ancien flic de mari pour me défendre. J'ai toujours un feu sur moi. Tu en sais quelque chose, depuis l'embrouille chez les voisins. Toute la presse parisienne en a parlé. Ton journal aussi, j'imagine.

*Attendez, madame ! Votre agent a posé comme condition* sine qua non *à notre entretien qu'on ne parle pas de vos démêlés avec la justice française. Et voici que vous abordez la question. Vous voulez vraiment parler de cet enfant sur lequel vous avez tiré — pour de bon, ce coup-ci ?*

N. S. — Il se porte comme un charme. Le soi-disant enfant était un bougre de quinze ans qui me harcelait et m'empêchait de travailler. L'affaire est en bonne voie. Enfin, les parents paresseux veulent me faire cracher mon argent, et je leur donnerai leurs six mille dollars. J'ai l'habitude de payer. Tout ça pour un pistolet d'alarme. Pour quelques éclats de grenaille dans les mollets grassouillets de ce morveux.

*Revenons à la musique. Il y a vos propres compositions, vos* protest songs *qui ont marqué le Mouve-*

ment. *Qui ont marqué deux générations au moins. Ce n'est pas de la musique de pub, ça.*

N. S. — Tu as raison, peut-être. Mais ce n'est pas pour ça que le public me connaît aujourd'hui et me fête. Je veux dire le public blanc. C'est lui qui achète les disques. Écris bien ça : Le public est un jeune homme blanc, toujours. *[Long silence.]* Tu ne notes pas ce que je te dis. Ah oui, c'est vrai... La machine. Elle tourne toujours ? C'est bon si ça clignote ?... C'est le public blanc qui a fait le succès mondial de *My Baby Just Cares for me*... C'est la publicité Chanel. Trois millions de disques vendus. Crois-moi, ce ne sont pas les gamins des ghettos qui achetaient ça. Et finalement, sur les millions de royalties que me doit Melvin Records, je toucherai à peine cent mille dollars. Alors oui, quand tu réalises que ça fait quarante ans qu'on te baise ainsi, il t'arrive de voir rouge, de sortir ton *gun* et de vouloir saigner à ton tour ceux qui te saignent depuis toujours. Soit dit en passant, et pour revenir à des choses plus futiles, j'attends toujours que Chanel m'envoie un flacon de *N° 5*. Ce serait chic de leur part.

· · · · · · · · · · · · · · · · · · · · · · · · · · · ·

*Le succès, tu demandais... J'ai tant vécu dans les hôtels, et je détestais ça. Maintenant je change de maison tout le temps. C'est comme un vice, un mauvais pli qu'on prendrait à force d'errance imposée. Moi qui rêvais de me poser dans une maison en bord de mer, tranquille, au soleil, voici que je ne tiens pas en place, comme si aucun bord de mer ne pouvait* satisfaire l'idée paradisiaque que je m'en faisais. J'ai une maison sur l'île de la Barbade…, j'avais une maison sur une plage du Liberia…, j'ai cette maison, ici, sur la Méditerranée et ça ne va toujours pas. C'est peut-être en moi, cette errance. Ma faute, à moi seule. Peut-être que j'aurais erré tout pareil si j'avais été une femme normale, une bonne chrétienne et une bonne mère. Ils disent que j'ai des troubles mentaux sérieux, que c'est à vie désormais car aucun psychanalyste n'y pourra rien, qu'il faut que je suive mon traitement sans rater un seul jour. Ils peuvent me faire bouffer tout le lithium qu'ils veulent, ils ne changeront pas ce pli, cette tournure vicieuse où ma vie a basculé.

Tomber dans la solitude, ça va plus vite qu'on ne croit.

S'éloigner des gens, c'est très facile.

Une valise était ma maison, et de la solitude j'ai fait un château.

Le soir, mon public me donnait l'illusion qu'on m'attendait quelque part. J'avais des attaches en ce monde, des raisons de vivre. De retour à l'hôtel, toute la nuit je tournais en rond, saisie d'angoisses qui m'enfonçaient un poing dans le ventre, me faisaient suffoquer, supplier, et toute la nuit la musique prenait possession de mon cerveau, oh !… pas une musique précise, non, une cacophonie débile, des phrases mélodiques qui se télescopaient, des bribes de refrains idiots, des notes frappées au marteau sur l'enclume de mon oreille interne et qui me donnaient envie de me taper la tête contre les murs, ou, plus simple, de me jeter par la fenêtre. *Contre cette fanfare de la nuit il y avait les minibars et, quand j'avais sifflé toutes les mignonnettes, si les quelques rasades d'alcool, de champagne et de bière n'avaient pas réussi à étouffer la bête, à taire son cri, j'appelais le* room service, *je faisais monter une ou deux bouteilles.*

*Pendant une époque, j'avais engagé pour tourner mon petit frère Samuel, mon préféré. Lui me soutenait. C'est un grand organiste, un bon bassiste aussi. Au* washboard, *il excellait. Quand il m'accompagnait j'étais heureuse. J'avais moins peur. Sa chambre était toujours voisine de la mienne. C'était mon ange gardien. Aujourd'hui, il est passé à autre chose. Il a sa vie d'homme, et plus le temps de partager la mienne.*

*Cette tournée, j'espère qu'elle sera la dernière. L'idée de reprendre ce cirque me glace les sangs.*

. . . . . . . . . . . . . . . . . . . . . . . . .

Miss Simone appelle Ricardo et — grimace de dégoût — lui désigne le champagne qui a tiédi dans la fournaise du salon. Il file chercher un nouveau seau de glace et de l'eau fraîche pour le journaliste en nage, rouge de congestion.

«Pour moi, c'est bon, madame. Merci, j'ai tout ce qu'il me faut. Plus qu'il ne m'en faut, à vrai dire.»

Elle : «Il tourne toujours, ton bidule ? Éteins-le. Ce que je vais te dire, je ne l'ai jamais dit et, si tu l'écris, je te trucide, on est d'accord ? Eh ben, je vais le gagner ce foutu second procès. Oui, p'tite tête, ils vont me relaxer, et c'est pour ça que l'avocate interdit qu'on en parle. Et tu sais quoi ? Je hais les enfants. Si c'était à refaire, je le referais

91

pareil. Ce gamin était une ordure qui me pourrissait la vie jour après jour… Lui et ses potes, qui se payaient ma tête, qui m'appelaient négresse, qui m'appelaient sorcière. Les insultes, passe encore, j'en ai entendu d'autres. Mais ce gosse aurait dû savoir qu'on ne dérange pas Nina Simone quand elle travaille son piano. Crois-moi, la leçon a porté, il se tient à carreau désormais. Plus un bruit. *[Une pause.]* Moi je n'ai jamais été une enfant. Je n'ai pas su ce que c'était. Les enfants de mon âge me fuyaient. C'est ça, la rançon du génie. Une solitude immense. Tiens, tu peux rallumer ton micro.»

Elle se redresse dans la bergère, nuque haute, lisse son boubou sur ses cuisses comme si soudain une caméra était entrée, et derrière elle une armée de photographes.

N. S. — Le génie, c'est indicible. J'avais deux ans et demi la première fois que j'ai tiré une mélodie d'un clavier. C'était un spiritual en clé de *fa* que jouait ma mère, que j'avais appris à force de l'entendre. Mes parents sont tombés à genoux en me voyant jouer ce truc sur l'harmonium de la maison. «C'est un don de Dieu, ils criaient, un don du Ciel», et ils se signaient. J'ai commencé le piano à trois ans et je travaille la théorie musicale depuis que j'en ai six. Tu sais ce que c'est, l'oreille absolue? Les génies travaillent pour discipliner ce don reçu de Dieu. Arthur Rubinstein et Maria Callas étaient dans mon cas.

*Vous pourriez développer?*

N. S. — Dès l'enfance, on travaillait. Nous sommes si peu à avoir hérité ce don du Ciel. Le devoir, quand tu en hérites, c'est de travailler, de le faire fructifier. Le génie, c'est de travailler dès l'enfance, jusqu'au sacrifice de soi. Il y a eu Callas, il y a eu Rubinstein, il y a moi. Après moi, il y a David Bowie, et c'est tout.

*Et Billie Holiday ? Il y a eu Billie Holiday, non ?*

N. S. — Eh! p'tite tête, je croyais que tout se passait bien entre nous. On ne va pas se quitter fâchés, tout de même?

*Oui. Non. On vous a souvent comparée à elle.*

N. S. — Et je ne supporte pas ça. Si j'étais blanche, est-ce que tu songerais à nous comparer, Billie et moi? Non. Nos trajectoires n'ont rien à voir. Nos styles n'ont rien à voir. Nous comparer, c'est une insulte. Je n'ai rien à voir avec cette toxico. On nous a associées parce qu'on était noires toutes les deux.

*Billie était une artiste ratée ?*

N. S. — Ai-je dit ça? Je dis que, si j'avais eu la peau blanche, personne n'aurait fait un tel rapprochement. Il suffit de nous écouter attentivement pour comprendre que nous n'avons rien en commun. Je me sens proche de Callas. Je suis la dernière diva après elle.

*Ah oui ? Comment ça ?*

N. S. — Elle était fougueuse, elle était orageuse. Elle était unique en son genre et elle a étudié la musique mieux que n'importe qui dans sa génération. Elle pouvait établir de nouvelles règles, qu'elle brisait dès que ça l'arrangeait. Elle changeait les choses en ce monde et le monde l'écoutait parce qu'elle était Callas.

*On dirait que vous vous reconnaissez en elle. Vous décririez-vous comme une femme tempétueuse?*

N. S. — Ouais, c'est assez juste.

Le journaliste a éteint son magnéto, replié son questionnaire et rangé son feutre dans la besace kaki. Il sourit pour la première fois en deux heures : « En vérité, je n'avais aucune intention de vous comparer à quiconque. Vous êtes unique, vous aussi. »

Miss Simone s'en étrangle d'émotion : « Ça, c'est gentil. C'est très gentil à toi. Tu seras là, demain, aux arènes ?

— C'est prévu, oui. J'ai un hôtel à Nîmes.

— Y a-t-il une chanson qui te ferait plaisir ? J'ai envie de chanter une chanson pour toi. Dis un titre et je m'exécuterai.

— *Ain't Got no ?...*

— Très bon choix ! Tu veux une photo dédicacée ? »

Le journaliste sourit encore et accepte la proposition.

. . . . . . . . . . . . . . . . . . . . . . . . . . . . .

*L'avenir, tu disais ? Je ne suis pas finie, loin de là. Les jeunes aujourd'hui me découvrent. Ils achètent*

94

mes disques cultes, ils viennent aux concerts. Ça fait du bien. Ça aide à monter sur scène malgré la fatigue immense.

Dans ma génération, on s'est très mal débrouillés. Si on avait eu le sens des affaires comme l'ont les jeunes aujourd'hui, si on avait lu nos contrats avant de les signer — je veux dire, si on les avait lus en entier, avec les lignes en bas de page écrites si petit qu'il faut une loupe pour déchiffrer —, eh bien, on n'en serait pas à devoir se produire sur scène ou dans d'atroces shows télé jusqu'à plus d'âge. L'autre soir, je regardais une émission avec ce vieux beau de… Zut! J'oublie son nom. Un Blanc, quatre-vingts ans passés, chanteur de comédies musicales. Il chantait en play-back, bien sûr, souriant de toutes ses fausses dents, et il essayait de danser sur ses hanches en plastique. C'est un déambulateur qu'il lui aurait fallu. Il n'entendait pas les ricanements du public, ne voyait même pas le sourire condescendant et faux cul de l'animateur du show. C'était si triste que j'en ai pleuré.

À mon âge, après la vie que j'ai eue, je ne devrais plus avoir à travailler pour vivre. Je devrais être tranquille chez moi, à mon piano, avec mon vieux Beethoven, mon cher Chopin et mon génial Debussy.

J'ai prévenu ma fille de ne pas mettre les pieds dans le showbiz, mais elle aime ça, elle veut chanter. Elle imagine que c'est prestigieux et qu'elle va gagner de l'argent. Mais il faut avoir de la chance et faire un tube. Je conseille aux jeunes de garder un travail normal et d'économiser pour produire eux-mêmes leurs disques.

Il faudrait m'en retourner aux États-Unis pour la

*soutenir dans sa jeune carrière. Mais je ne peux plus y foutre les pieds. Je lui ai dit, à ma fille, de ficher le camp, de venir plutôt en Europe, pas trop loin de moi. Les mots ne peuvent exprimer l'immense mépris que j'ai pour ce pays. Je l'appelle United Snakes of America. Des serpents, c'est ce que les Américains sont devenus. Stupides et mortels comme des crotales du Texas. Ils vendraient leur âme, ils prostitueraient leur mère, leurs sœurs et frères pour du pognon.*

*L'Afrique est mon pays, même si je suis née dans un bled paumé de la Caroline du Nord. Je voudrais être citoyenne africaine. Être l'ambassadrice aux Nations unies d'une nation africaine. Si je garde la nationalité américaine, c'est parce que le dollar est très fort. Que le dollar vienne à chuter, je la leur rendrai, sans état d'âme. Mon avenir rêvé, le voici : marcher pieds nus sur ma plage vierge du Liberia. Et, retour de baignade, retrouver mon piano, mon céleste Bach et mon chien bien terrestre. Sur le clavier m'en aller, m'envoler. Retrouver le son d'une cascade, le cristal des rires d'enfants et, par eux, le souvenir de nos peaux rouge et noire, la permanence du premier amour.*

. . . . . . . . . . . . . . . . . . . . . . . . . . .

Kid a apporté la photo cartonnée façon carte postale. Une photo en sépia ocre gris où elle pose, trente ans plus tôt, pour un magazine de mode international. Trente ans plus jeune et trente kilos plus mince. Elle soupire en se revoyant, allume une Dunhill. Au centre de la photo, elle signe *Dr. Nina Simone.* « Je suis docteur honoraire du

Malcolm College de Washington. N'oublie pas de le dire. »

(Dans l'article qui paraîtra le surlendemain, plutôt élogieux à l'endroit du concert, le journaliste timide fera remarquer que Nina Simone n'a pas chanté le morceau promis et qu'elle ne l'a même pas reconnu quand ils se sont croisés dans les coulisses des arènes de Nîmes.)

## *Arènes de la mélancolie*

Au lendemain du concert, toute la maisonnée dort derrière les volets clos, sauf Miss Simone qui se baigne à la fraîche. Elle ne s'est pas couchée. La table ronde de la piscine est couverte de cendriers débordants. On a dû discuter longtemps jusqu'au matin. Se disputer, aussi. Sur le marbre blanc, les verres et les culs de bouteille ont laissé des dizaines de ronds, empreintes de vin rouge, de bourbon, d'alcool de menthe, dont seul l'acide viendra à bout.

Le dos ankylosé, c'est à peine si Miss Simone peut tirer sur ses bras pour nager. Aussi elle barbote, du côté de la piscine où l'on garde pied. Elle chantonne des choses étranges, des mélopées africaines, des incantations, des comptines. Ricardo met du temps à réaliser qu'elle est nue.

Il lui apporte un peignoir et la houspille gentiment, comme une enfant. Pense-t-elle seulement à ces foutus journalistes qui rôdent autour de la maison, cachés derrière les cannes et les roseaux de la plage.

«Et encore, vous êtes à l'abri ici. Imaginez que Mr. Bobby, lui, habite sur la corniche et que les cars de touristes ralentissent pour filmer le jardin, l'arrière de la maison. Certains cars s'arrêtent même dans le virage et les gens descendent avec les caméras, les jumelles. Ça le rend fou, Monsieur.

— Il prétend que ça le gêne? Un cabot comme lui? Hum… Crois-moi, s'il avait encore l'âge, il se montrerait aux curieux en slip de bain moulant.

— Vous ne l'aimez pas beaucoup, Miss Simone.

— Je n'aime pas grand monde. Tu le remarques seulement maintenant? Il est faux et il a tout volé à notre musique pour mieux la trahir, pour en faire cette guimauve honteuse, ce sirop *redneck*, ce swing pour idiots qui passe dans les ascenseurs et les chiottes des palaces.

— Lui vous aime bien. C'est ce qu'il dit.

— Il ne peut pas dire autrement. Ne fais pas ces grands yeux d'acteur muet. Quelqu'un qui te vole est forcé de t'aimer. Tu comprendras un jour. *[Une pause où elle chantonne* Young, Gifted and Black.*]* Monte-moi du Baileys à la chambre. Je vais m'allonger, essayer de me reposer un peu. Et n'oublie pas les glaçons, p'tite tête.»

Ricardo revient avec le seau à glace d'où s'élève une cheminée de brouillard blanc bleu. En rentrant dans la chambre obscure, les yeux doivent accommoder. Aveuglé, Ricardo fait une halte et rit comme un enfant le ferait d'une farce.

«C'est drôle quand même. Vous êtes américaine et vous avez choisi un nom français. Mr. Bobby, de son vrai nom Robert Dieudonné, est français et il a pris un nom américain. Moi, je trouve ça drôle.»

Ricardo fait quelques pas vers la tête du lit et pose le seau sur la table de chevet. Il baisse son visage sur l'oreiller surélevé. Miss Simone dort. Ses lèvres entrouvertes expirent un drôle de son : pas un ronflement, non, mais un sifflement rauque, un râle qui ne dit rien qui vaille comme si quelque chose se grippait au cœur de son corps, dans sa poitrine qui peine à accueillir l'air étouffant. Miss Simone n'a plus beaucoup de coffre, dirait-on.

*

Ricardo lui-même n'avait pas beaucoup dormi. Il était trois heures quand Teardrop l'avait déposé devant la villa de Bob Williams. En l'absence du vieux Bobby — voilà trois jours qu'ils étaient à Paris, son compagnon Abdallah et lui, pour y acheter un «pied-à-terre» —, Ricardo errait dans la pénombre de la villa immense et vide. Il aurait tant aimé trouver une oreille à qui raconter combien le concert de Miss Simone l'avait transporté. Si longue que fût la liste des défauts de Mr. Bobby, la jalousie n'y entrait pas et il aurait sans doute écouté son récit avec patience, sinon curiosité. Il s'approcha du bar, dévissa le bouchon de la bouteille de Cointreau, hésita, sortit les glaçons du bac, hésita encore, puis glissa dans un grand verre trois glaçons qu'il recouvrit de liqueur blanche. Il connut alors le sentiment violent de sa solitude : c'était comme si les murs et les hauts plafonds de la villa se ratatinaient sur lui, se réduisaient en tous sens pour étreindre son corps et le coucher dans un sarcophage bouclé à jamais. Il suffoquait, son cœur allait lâcher, déjà ses yeux voyaient trouble, ses genoux fléchissaient en proie au vertige.

La crise de panique n'avait pas duré une minute — elle lui parut une éternité. Il vida le verre dans l'évier, prit une douche froide puis chercha longtemps le sommeil dans la tiédeur éprouvante de la nuit d'été.

Les images de la soirée repassent devant ses yeux.

Ça avait mal commencé. Il avait plu toute la journée et c'est seulement en fin d'après-midi que le soleil reparut. Miss Simone s'en fut aux arènes faire sa balance avec ses musiciens. Le plancher de scène était si détrempé qu'elle eut l'impression que ses chaussures s'y enfonçaient et prit peur : s'il allait céder ? On la rassura. Le plancher était souple mais d'autant plus résistant. On en vint alors aux réglages lumières. Lorsque Miss Simone découvrit l'éclairage tout bleu — du bleu sur scène, du bleu aux murs des arènes —, elle entra en colère. Jamais de bleu, disait-elle, c'était froid, ça lui grisait le teint et, surtout, ça lui donnait la migraine. Le régisseur fit observer qu'il était trop tard pour changer. Elle appela le Kid, sans succès. Ricardo eut beau

101

le chercher en coulisse, à l'accueil, à la salle de presse, le Kid avait disparu.

Miss Simone jura alors au régisseur que l'interdiction du bleu était stipulée en toutes lettres dans ses contrats comme condition suspensive. Ainsi, elle se sentait libérée de son engagement. Et elle quitta la scène tandis que le promoteur du spectacle, ameuté par les techniciens, arrivait en courant. C'était un jeune entrepreneur à la mine angoissée, dont le costume de lin écru, trempé d'avoir pris la pluie tout le jour, séchait tant bien que mal en gondolant.

Miss Simone : « Je veux du rose. Du rose uniquement. »

Le régisseur lumières répondit sèchement qu'on n'avait pas à lui apprendre son métier et qu'il ne disposait pas d'assez de gélatines roses pour éclairer tout l'endroit.

Elle : « Trouvez-en. Bougez votre cul, au lieu de perdre du temps à me contredire. »

Le jeune promoteur, sûr de lui : « On trouvera des gélatines. *[Au régisseur ulcéré :]* Faites le tour des salles de la ville, empruntez tout ce que vous pouvez. S'il le faut, poussez jusqu'en Avignon et réquisitionnez ce qui peut l'être. »

Elle : « Ne vous rongez pas les ongles ainsi. Tout va bien se passer. »

Au lieu d'apaiser le garçon, ces mots libérèrent une rafale de tics et de tocs qui l'électrocuta de pied en cap. Il avait plu toute la journée, personne ne sortirait le soir. Ils étaient comme ça, les gens ici. Peu de billets avaient été vendus. Il s'arracha un nouvel ongle et, le recrachant au sol, secoua la tête : il valait peut-être mieux annuler le spectacle. Sans doute le pauvre gars pensait-il qu'il allait y laisser sa chemise (pour le costume en forme d'accordéon, il était déjà trop tard). C'est alors que Miss Simone, dans un élan de sympathie dont Ricardo ne la savait pas capable, prit entre ses longues mains le visage ravagé d'angoisse et, les yeux dans les yeux, lui dit : «Ne vous inquiétez pas, les gens vont venir.»

Personne n'a eu à regretter le caprice de l'artiste. Après coup, tous, les éclairagistes comme le promoteur du concert, s'accordèrent sur le fait que jamais les arènes n'avaient été aussi belles la nuit, le rose accrochant l'ocre des pierres, le sublimant.

Quand Miss Simone fait son entrée en scène, huit mille personnes se dressent dans les gradins pour l'ovationner. «Merci», dit-elle en saluant, mains jointes, sous la clameur.

Elle ne sourit pas. Elle vient à l'avant-scène, fixe du regard ce public comme une entité fantôme, étrangère sinon ennemie. Le public aussi paraît la découvrir en silence : mal fagotée dans sa longue robe rayée aux couleurs rastafari, tête nue, les cheveux taillés de guingois, comment reconnaître en elle la femme liane que les plus âgés parmi les spectateurs avaient adorée ? Le corps souple, naguère somptueux, s'est alourdi sans prévenir comme font souvent les corps, célèbres ou non. Elle se déplace avec peine et grimace en se laissant tomber sur le tabouret.

Pour les plus jeunes, ceux qui la voient pour la première fois, ni la robe moche ni l'embonpoint n'ont d'importance.

Ils frappent dans leurs mains de plus belle ; du poing ils frappent leur cœur, leurs yeux virent, se révulsent, ils entrent en transe, Nina connaît ça, Nina ça l'impressionne pas — ni l'enthousiasme ni les transes. Elle a connu ce cirque toute son enfance, toute sa jeunesse à l'église du dimanche. Aujourd'hui, ça lui lève le cœur. Mais ce n'est pas la ville de Tryon autour d'elle, ce n'est pas la Caroline du Nord ; c'est Nîmes, les arènes de Nîmes, le sud de la France et la France est en Europe.

Le soleil se couchait lorsque Miss Simone a entamé *Ne me quitte pas*. Dans un silence d'église, précisément, les gens ont allumé les bougies qu'ils avaient sur eux et l'artiste leva les yeux vers les gradins illuminés. Sans quitter des doigts le clavier, elle pivota sur son tabouret et embrassa la nuée vacillante des flammèches. Comme transportée par la beauté de tout ça, Miss Simone a levé la tête vers les cintres où le ciel étoilé transparaissait.

Alors, on entendit que Miss Simone pleurait, la voix étranglée de sanglots. Huit mille personnes ont pleuré avec elle.

En retrait dans l'ombre, le promoteur avait lui aussi les yeux brillants de larmes — mais comment savoir s'il était ému ou simplement soulagé d'avoir sauvé son pognon? Les deux, sans doute.

D'autres airs ont suivi, des titres dansants, joyeux ou protestataires. Ricardo comprenait enfin ce qu'elle voulait dire quand Miss Simone parlait d'hypnose collective.

Une note s'éteint sur les cordes du piano et, sans rien dire, elle se hisse du tabouret avec précaution — le bas de son dos lui fait si mal. Les applaudissements ne suffisent plus contre la mitraille dans son dos. Elle met un temps à se retourner. Leurs bravos par milliers, leurs huit mille bouches ouvertes, comme affamées, criant : «Encore!» Les gamins des premiers rangs sont en sueur, la sueur des gorges comme un prolongement des larmes à leurs yeux. Elle sourit, elle approche au-devant de la scène où, faute de pouvoir s'accroupir pour se laisser étreindre, elle s'incline à peine, effleure les mains douces, enregistre un à un les regards d'enfants.

Le décor circulaire se met à tourner, la foule à ses pieds ondule — ça hurle, ça veut danser, de la musique encore — ils sont si jeunes. Elle recule vers la coulisse.

Le Kid est là, entre deux *flight cases*. «C'est un succès, Nina, un vrai carton. Vas-y, encore un petit effort. Juste un rappel. Montre à ces gens qui ne t'ont jamais oubliée que tu les aimes un peu en retour.» Entre ses dents, il susurre : «Que tu en es capable», mais dans le vacarme des applaudissements et des pieds qui frappent le sol, Miss Simone n'entend pas ces derniers mots.

Elle secoue la tête, regard éteint : « Je ne fais pas les rappels. Je veux rentrer à la maison. Appelle le kiné. Dis-lui que c'est une urgence. »

Dans la loge, elle ôte ses hauts talons aiguilles (une hérésie pour ses vertèbres, accusaient le toubib et le kiné), tandis que Wendy décapsule l'atomiseur d'eau minérale et lui en inonde le visage, le cou, la gorge où la sueur ruisselle. Miss Simone ôte elle-même ses bijoux, boucles d'oreilles, collier de chien et lourds bracelets que Ricardo enferme dans un vanity-case avec les médicaments, le bain de bouche et le tube de Synthol. Sous ses paupières elle essuie le mascara qui a coulé. On ne peut pas dire qu'elle se regarde dans le miroir. Elle est devant son reflet comme devant l'image d'une inconnue. Ni bienveillante ni hostile. Elle a ça en face d'elle depuis toujours. Elle aurait bien voulu une peau moins sombre, une bouche moins lippue. Mais c'est comme ça. Elle aime ses yeux. Ce regard intense et fiévreux, elle le reconnaît sien.

Elle se souvient qu'il faut sourire. *Souris*, ordonnaient les Harry, ses montreurs et maquignons, *Quand tu ne souris pas, tu es hautaine et on dirait que tu en veux à la terre entière.*

« Souriez, Nina ! Allez, un beau sourire ! » Elle intercepte dans le miroir la silhouette sombre de cet homme debout derrière elle, le visage masqué par son gros objectif. « Qui es-tu, foutu connard ? De quel droit tu m'appelles Nina ? Vire de là ! » Le type la mitraille — faute d'un sourire convenu, une colère de vedette se vendra très bien —, elle saisit la bouteille de champagne et, avant même qu'il ait rien vu venir dans son viseur, le photographe sent son appareil lui exploser au nez. «C'est pas vrai? Dites-moi que c'est pas vrai?» Il interroge le plancher où son appareil est en miettes, puis c'est du sang qui goutte au sol, le sang de son nez lui-même explosé. Dans sa stupeur, il ne songe pas tout de suite à regarder sa blessure. «Teardrop! Où es-tu, tête de nœud?» Wendy écarte les bras, impuissante, et tend avec un petit sourire en coin la boîte de Kleenex au type sonné.

C'est la première fois que Ricardo, interdit, assiste à une telle crise, la plus spectaculaire en intensité. On pourrait graduer les colères de Miss Simone — un peu comme l'échelle de Richter mesure les séismes sans les prévenir.

\*

Teardrop a décapoté la Mercedes. Nina prend place à l'avant. «Mets ta ceinture», enrage le Kid qui a dû s'asseoir à l'arrière avec l'habilleuse et Ricardo. Ils roulent, silencieux, une longue demi-heure. Nina retient son turban blanc contre le vent. Ils traversent une bourgade fleurie, géraniums rouges et pétunias bleus à tous les étages. Un panneau surgi dans les phares annonce Marseille, un autre indique Nice. La mer apparaît sur la droite. Bonace argentée, rien n'y bouge, rien n'y vit que l'éclat des astres dans le ciel.

Le Kid ronchonne : «Rappelez-moi d'aimer la France.» Il tire sur son joint. Lui, si peu enclin à la nostalgie, voici qu'il se plaint : «Je veux retrouver mon pays. Je veux retrouver la promenade de Venice Beach, les rouleaux de mon océan. Je peux plus saquer cette mer morte. C'est comme une flaque de soupe.»

Teardrop serre les poings sur le volant, si furieux que son anglais trébuche : «Comment peux-tu parler ainsi de mon pays à moi? Prends un bateau et va au large, si tu as les couilles de. Tu verras de quels sortilèges cette mer trompeuse est capable. De quelles violences.»

Miss Simone est prise de toux.

Teardrop : «Vous voulez que je recapote?»

Elle : «Non. L'air me fait du bien.»

Teardrop : «Je ne voudrais pas que votre gorge souffre.»

Le Kid enchérit : «Pas question que tu t'abîmes la voix avant le concert de Marciac.»

Alors on entend Nina soupirer. Elle soupire si fort, du plus profond de son corps, que c'est à peine si les autres distinguent ce qu'elle marmonne : «Je ne chanterai plus. C'est fini.»

Les trois hommes se taisent. Wendy se penche vers l'avant, pose une main caressante à l'épaule de Miss Simone. «Tu dis ça chaque fin de concert, Nina. C'est la fatigue et le mal de dos. J'ai appelé Jean-Didier, ton kiné, qui viendra ce matin à la première heure. Il m'a dit quoi te donner pour la nuit.»

Miss Simone : «Pas envie de dormir. Je n'ai même plus mal au dos. J'ai juste envie que tout s'arrête.»

Ricardo ose parler : «Vous étiez magnifique, Miss Simone. Jamais je n'ai vu quelque chose d'aussi beau. Je vous le jure. Il ne faut pas arrêter, je veux vous voir encore sur scène. Des tas de gens en ont envie.»

Elle, comme si les autres étaient absents : «Comment veux-tu que je fasse? Je suis au bout du rouleau et qu'est-ce que j'ai pour m'aider? Un garde du corps qui s'enfile des bières à la buvette au lieu de garder ma porte. Un agent attaché de presse qui drague les petits roadies au lieu de s'occuper des journalistes.»

Teardrop a levé le pied de l'accélérateur et s'est faufilé de la troisième à la première voie. Silence entre les cinq. Le Kid a roulé un nouveau joint qu'il passe au chauffeur.

Miss Simone : «T'étais où, cet après-midi, quand j'avais besoin de toi pour faire respecter les clauses du contrat? Tu foutais quoi? Tu roupillais? Tu t'envoyais en l'air?»

Kid, le front contre la vitre : «J'étais occupé à chercher huit mille bougies. Huit mille bougies et autant de pochettes d'allumettes.»

Nouveau silence, épais, pesant.

Miss Simone : «C'était toi? Je croyais que les gens avaient apporté leurs bougies avec eux... Que c'était une coutume locale. Qu'on venait aux arènes avec sa bougie. Je suis si naïve. *[Long soupir :]* C'était très beau. Pardon d'avoir douté de toi. Et merci.»

Ricardo, Wendy, Teardrop, en chœur : «Ah oui! Merci.»

Miss Simone, se retournant vers l'arrière du véhicule, cherchant le regard du Kid : «Mais dis-moi, ça t'a coûté combien, cette orgie de bougies?»

Kid : «Hum. J'ai dit que je les avais cherchées, pas que je les avais payées. M'est avis qu'elles ont atterri sur la note de ce puceau de promoteur.»

*

Des fax sont tombés sur le télécopieur du salon, que Miss Simone trouve à son réveil. Elle a mal à la tête, mal au cœur, mal au dos. Se plaint des courants d'air, ordonne qu'on referme les baies vitrées par où entrait un peu de fraîcheur dans la fournaise. Le Kid brandit une bande de papier longue d'un mètre, le compte rendu d'une audience de tribunal : il est question de masters originaux à récupérer, d'un juge acheté par la maison de disques qui fait tout pour en empêcher la restitution à leur seule propriétaire, Nina Simone. Le Kid parle de changer d'avocat, il en connaît un très bon, un spécialiste de ces affaires. Miss Simone hoche la tête machinalement, comme quelqu'un qui n'écoute pas. Ses yeux sont rivés à ce fax de quelques lignes, en français, qu'elle lit et relit depuis dix minutes. En découpant aux ciseaux les trois fax, Ricardo a reconnu sur l'en-tête du message français un caducée et le nom d'un médecin à Marseille. Sans doute celui que la maisonnée appelle «toubib» et qui ne vient qu'à la nuit tombée.

110

«Ah, fais-moi plaisir, habille-toi mieux désormais. Ta vue est un supplice. Je n'ai pas mérité d'avoir un épouvantail dans le décor. Va t'acheter des espadrilles décentes, vire-moi ces mules en plastique qui claquent — c'est odieux, ce claquement, on se croirait à l'hosto. Prends-toi un tee-shirt élégant, ou alors une jolie chemise, et une paire de jeans neuve. Ne me dis pas qu'à nous deux, le vieux Bobby et moi, on te paie si mal que tu n'aies pas d'autre choix que cette allure de clochard. Fais-toi beau. C'est un ordre.»

Ricardo dit qu'il s'en fout d'être beau, il s'en fout de séduire car il n'a personne à séduire. L'argent, il l'envoie à la famille au pays — sa mère, ses enfants. Sa mère qui a élevé ses deux fils lorsque leur mère à eux a perdu la vie, renversée à vélo par un autobus, une nuit qu'elle allait embaucher aux abattoirs.

Nina hoche la tête puis sourit dans le vague : «C'est bien, p'tite tête. Moi aussi j'ai toujours veillé sur ma famille. Chaque mois, ils recevaient un chèque, et souvent des cadeaux pour chacun accompagnaient le chèque. Je les ai fait vivre, oui. Eux, et tant d'autres qui ne m'étaient rien. On s'était à peine passé la bague au doigt que mon mari le flic a démissionné de la police, flairant tout ce qu'on pouvait tirer de moi. Il a ouvert des bureaux sur la Cinquième Avenue et plusieurs sociétés, toutes à son nom, brassant beaucoup, beaucoup d'argent. Si je compte les quarante salariés de Manhattan, si j'y ajoute leurs conjoints et leurs enfants, j'avais à ma charge plus de deux cents personnes. J'étais une petite entreprise juteuse, vois-tu, gérée par mon manager d'époux. Mon pygmalion, disaient certains — mon proxénète, disaient les autres. Mais la vérité est que j'avais besoin de lui. *[Son regard se perd au loin par la fenêtre, sur la ligne violette où ciel et mer fusionnent.]* Je ne te demande pas de me séduire, p'tit cul, tu n'es pas armé pour. Je te demande de te présenter avec le minimum de soin de ta personne qui me rendrait plus heureuse que d'assister chaque jour au naufrage d'un boat people.»

Ricardo : «Ça, Miss Simone, ce n'est pas chic de votre part. C'est même insultant. On n'est pas des boat people, nous, les Philippins. On prend l'avion.»

Nina, cinglante : «Et tu prends l'avion en tongs?»

Ricardo fond en larmes. Comme ça, d'un coup, une fontaine de peine a surgi. Il fuit le salon, Nina se hisse sur les coudes, s'extrait de sa bergère avec une souplesse inattendue et le poursuit jusque dans la cuisine.

Elle, haletante : «Je ne voulais pas. Pardon. Tu me trouves méchante, hein? Je le vois dans tes yeux. Parfois tu voudrais me foutre un uppercut et m'insulter avec des mots sales. Je n'ai pas toujours été cette femme dure. C'est très bien, ce que tu fais, mon petit. Je voudrais juste que tu sois plus fier, que tu ne sois pas toujours à satisfaire les désirs des autres comme je l'ai fait toute ma vie. Je voudrais que tu sois plus heureux.

— Sauf votre respect, Miss Simone, je suis fier de subvenir aux besoins de ma famille. Je suis fier que mon aîné entre à la faculté de médecine de Manille, fier quand j'apprends que mon cadet est le premier de sa classe au collège. Ça suffit à mon bonheur, Miss Simone.

— Et moi, je continue de penser que les tongs, en scooter, ce n'est pas prudent. »

## Hall of Fame 3

Miss Simone changeait. Elle avait retiré son alliance.

Avec la disparition du mari policier (*Appelons-le Dirty Harry,* disait-elle en riant, *comme le détective de cinéma, bien que j'eusse préféré avoir Clint Eastwood dans mon lit car le vrai flic s'est vite montré d'une jalousie maladive, aussi violent de ses poings que paresseux au lit, aussi possessif qu'incapable de la moindre tendresse*), c'est toute la coquetterie blanche qui s'envole : les serre-tête, les perruques, les mouches, les rangs de perles, les corsages, la dentelle européenne — Miss Simone a jeté sa panoplie de *good nigga.*

Ses cheveux libres repoussent et refrisent, qu'elle ramasse en chignon sous un turban (la collection de turbans dans la commode de la chambre impressionnait Ricardo, il découvre qu'il n'en a pas connu le dixième), ou bien ce sont des coiffes de l'Afrique antique, égyptienne ou abyssine, ou bien encore elle en fait des tresses serrées qu'elle entrelace de fils d'or et de perles de verre multicolores.

Elle porte des robes longues chatoyantes ou bien toutes noires — et toujours ses beaux escarpins de satin. Les bijoux sont créoles ou africains, larges boucles d'oreilles, tours de cou en argent, et ce lourd pectoral qui revient de cliché en cliché, un collier à berlingots d'argent (*Du massif*, se souvient-elle, *un kilo au moins, et je peux te dire qu'à la fin du concert ma nuque soupirait d'aise quand je la délivrais de ce joug*). Les fards à paupière sont bleus ou dorés. L'eye-liner, d'un trait abondant, s'étire à ses tempes comme sur les profils retrouvés des reines du Nil.

Les titres de la presse ne s'y trompent pas, qui tous consacrent la métamorphose :

*The African Queen of Soul this evening at The Royal Festival Hall*
*Nina en Reine africaine conquiert Paris*
*African Queen vestigt zich in Amsterdam*

**הלילה בתל אביב נינה סימון**

*Die African Queen heute Abend live in Zürich*
*African Queen läuft in ganz Deutschland*

Dans les journaux du monde entier, de pleines pages succèdent aux entrefilets de naguère.

L'espace physique s'est déployé tout autant : les clubs exigus et obscurs ont laissé place à de grandes scènes éclairées, les pianos de bastringue sont devenus pianos à queue aux signatures prestigieuses. Miss Simone quitte la scène les bras chargés de fleurs. Miss Simone signe des autographes dans la rue. Miss Simone monte à l'arrière d'une limousine en grand manteau de panthère.

Ricardo s'arrête sur une photo de groupe, surexposée, grise et floue, une photo vilaine où tout le monde semble heureux. Nina lui fait les présentations : « Miriam Makeba, là, c'est la grande chanteuse sud-africaine dont je te parlais et, à côté, le bel homme c'est son amoureux, Stokely Carmichael, un militant historique du Mouvement pour les droits civiques. Là, c'est Lorraine, l'écrivaine qui m'a initiée à la politique, et lui, c'est James Baldwin, écrivain lui aussi, mon frère d'adoption. J'aurais bien voulu l'épouser, il aurait sans doute été un bon mari, pas une brute, pas un parasite comme les autres, mais il était homosexuel et avait décidé de vivre ouvertement, sans se cacher. »

Ricardo : « Encore heureux qu'il ne s'est pas caché. Il me semble que lorsqu'on se dit écrivain, qu'on a la chance de pouvoir s'exprimer, on doit montrer l'exemple à ses lecteurs. »

*James Baldwin*

Elle, secouant la tête avec un sourire triste : « Tu ne te rends pas compte, mon garçon. Noir et homosexuel, dans l'Amérique des années quarante et cinquante, ça relevait de l'impossible, du

116

monstrueux. Baldwin, il a connu le pire, le rejet puissance deux. Haï par la société blanche, haï par sa propre famille. Noir et homosexuel, comment vivre sa vie ? Les gens du Mouvement, ses propres frères de combat, avaient honte des militants comme lui et souhaitaient les voir déguerpir… Comment vivre sa vie ? Eh bien, on prend le premier cargo et on s'enfuit à Paris. On ne peut lui en vouloir. Tu en sais quelque chose, non ? »

Lui, soupirant : « Miss Simone, je ne suis pas homosexuel. Pourquoi voulez-vous à tout prix que je sois homosexuel ? »

Elle pourrait répondre *Parce que c'est mieux pour moi, c'est moins dangereux,* mais choisit l'esquive.

Elle : « C'est bien vrai, alors, que tu ne vends pas ton cul d'asiate à ce vieux crooner teint en blond ? Tu ne réponds pas. Bon. Je t'énerve ?… Approche, c'est encore lui, là, mais on le voit mieux. »

Sur la photo en gros plan, Miss Simone et son ami Baldwin posent joue contre joue. Ils rient aux éclats, si fort que leurs deux nez en sont froncés. Baldwin a les dents très écartées. On le devine petit, maigre en tout cas. L'expression du visage a beau être celle d'un homme jeune, les traits sont si émaciés, les cernes si profonds et la peau tellement marquée déjà, qu'on hésite à lui donner un âge.

Ricardo : « Il y a du malheur sur ce visage. »

Miss Simone : « Ça, tu peux le dire. Jimmy était un bon Dieu d'écrivain génial, le premier grand romancier noir d'Amérique. Il me manque…, tu ne peux pas imaginer combien. Il faut que tu le lises, p'tit cul. Tu es un garçon intelligent. Tu mérites mieux que de faire l'esclave d'une méchante négresse comme moi. Lis. Va au théâtre. Va aux concerts classiques. Tu mérites mieux que de me couper les ongles des pieds.

«Il faut lire, sans quoi tu vas rater ta vie. Il faut écouter la musique, aller au cinéma, et lire des romans, de la poésie, de l'histoire. Sans quoi tu seras tout juste bon à t'avachir devant la télé pour mater du foot et des clips de rap. *[Elle pointe un index sur sa tempe :]* Dis-toi que ton cerveau est un muscle et qu'il faut le faire marcher.»

Ricardo : «Vous êtes un esprit libre, Miss Simone. Je ne suis qu'un domestique apprécié pour son travail.»

Elle : «Cesse de te rabaisser. Je te l'ai déjà dit. Sois plus orgueilleux.»

Lui : «Oh! Je ne dis pas que je suis un imbécile. Je ne le crois pas. Seulement, s'occuper du matin au soir de choses matérielles, ça n'épanouit pas l'esprit, ça ne l'ouvre pas.»

Elle : «Beaucoup de gens te diraient que je suis tout sauf ouverte d'esprit. Que je suis pleine de préjugés et victime de conventions. Ce n'était pas simple au départ, avec Jimmy. Je n'aimais pas les homosexuels ; les homosexuels sont ennemis de Dieu, ils vivent à l'encontre de la nature. C'est ce que j'avais entendu dire, non pas dans ma famille où le mot même était imprononçable, mais à l'extérieur, à l'école, au lycée, chez Mrs. Miller. Mais il y avait pire : James était un gosse de Harlem, et les gens de Harlem me foutaient une trouille terrible. Lorsque je suis allée à la Juilliard School pour préparer le concours du Curtis Institute, on m'avait trouvé une chambre pas chère dans Harlem. C'est les mois les plus lugubres de ma vie. Jamais je n'ai été aussi perdue et seule. J'étais une provinciale sans le sou doublée d'une oie blanche. Les gars des rues surtout me faisaient peur avec leurs yeux cachés par la visière des casquettes, avec leur langue qui claquait dans leur bouche et tous ces bruits de succion obscènes... Cette façon qu'ils ont de te siffler comme une génisse ou une chienne. De cracher sur ton passage leurs mots salaces que tu ne comprends pas tous mais qui pourtant te blessent, comme des projectiles lancés dans ton dos. Baldwin, à qui je racontais ma mésaventure, avait cessé de rire : "Tu n'as pas tort, ma grande, les mots peuvent être des armes. La poésie est une arme. Les mots de tes chansons seront des armes si tu le veux."»

Elle passe un bras maladroit sur les épaules de Ricardo : «Sans lui, on ne se serait pas rencontrés, toi et moi.

— Ah bon?

— En France, je ne connaissais que Paris. Parmi toutes les choses que je lui dois, je dois à Jimmy de m'avoir fait découvrir le Midi, où il a vécu longtemps. C'est à cause de lui que je suis là.

— Alors, vive Mr. Baldwin!»

Tous deux applaudissent à l'homme malheureux qui rit, pourtant, en noir et blanc.

Devant une photo en couleurs (*très* en couleurs, Nina Simone dans sa robe noire est écrasée par la bigarrure du décor peint en fond de scène), Ricardo se fige : « Sur les autres images de concerts, le public était blanc. Entièrement blanc. Là, ce sont des Noirs uniquement.

— Bravo, tu sais observer, toi. C'est Harlem, 1969. L'Apollo Theater.

— Vous êtes magnifique. »

Miss Simone hoche la tête : « Mon firmament. Pourtant, j'allais à l'Apollo percluse d'angoisse. J'y avais joué neuf ans plus tôt et ça s'était mal passé. Très, très mal. À peine étais-je assise au piano qu'une partie de la salle, hostile par principe, grondait contre moi. Avant même que j'aie frappé une seule note ; mes Frères m'insultaient, me conspuaient.

« C'était peut-être à cause du Town Hall, où je venais de me produire et d'emporter un beau succès d'estime. Town Hall, temple du classique, cette salle dont j'avais rêvé toute mon enfance n'était rien d'autre, pour les gens de Harlem, que le vaisseau amiral de la culture blanche négrière. En plein milieu du récital, trois femmes se sont levées du fond de la salle, elles ont marché d'un pas lourd jusqu'au-devant de la scène et, là, elles m'ont jeté des pièces d'un ou deux cents. Puis elles sont parties en braillant si fort que je ne m'entendais plus jouer ni chanter.

« Plus tard, j'ai compris Harlem, j'ai aimé Harlem et Harlem m'a aimée. Le merveilleux concert de 1969 m'a fait oublier le fiasco du précédent. J'avais changé. Le Mouvement m'avait changée, comme il avait changé le public lui-même.»

*

Sur le fuselage du Boeing, on peut lire le nom de la compagnie EL AL. Miss Simone descend la passerelle au bas de laquelle un homme en complet l'attend, souriant, pour la saluer avec une grande gerbe de fleurs blanches. Autour de lui, la foule est dense : des officiels, des photographes, des journalistes brandissant des micros, des cameramen. Au-delà, de part et d'autre du tapis rouge, des centaines de badauds forment une haie d'honneur comme le montre un autre cliché, panoramique.

«C'est Tel-Aviv, mon premier séjour en Israël. Le maire de la ville m'accueille et m'assure que tout le pays attendait ma venue depuis dix ans. Je n'avais jamais vu telle cohue. Après la foule sur le tarmac, une nuée m'attendait à l'intérieur, des fans par milliers. Le bain de foule a duré quatre heures. Oui, tu as bien entendu : quatre heures pour traverser l'aérogare et rejoindre la voiture du maire.

«J'ai appelé Momma à Philly et j'ai entendu son émotion à l'autre bout de la ligne lorsque je lui ai dit que j'étais invitée à la messe de Noël à Bethléem puis que j'allais chanter à Jérusalem. L'annonce l'avait laissée sans voix. Elle pouvait à peine balbutier : "Je suis fière de toi." Enfin, j'existais. Ma musique n'était plus la pavane du diable mais une musique applaudie en Terre sainte, dans le céleste bled du Christ. En Israël, j'ai été heureuse comme rarement dans ma vie. Heureuse comme au Liberia, notre terre promise à nous, les descendants d'esclaves africains.»

Miss Simone tire Ricardo par un coude : «Viens par ici. C'est elle, Momma, la petite dame dans mes bras, oui. On ne se ressemble pas du tout, comme tu peux voir. Elle a la peau si claire. Dans son sang il y a l'Afrique, il y a les Rocheuses et il y a l'Irlande. Voilà pourquoi. Elle a mis son manteau blanc du dimanche pour prendre l'avion et me voir chanter à Washington.»

Lui : «On voit qu'elle est fière et heureuse. Elle vous aime plus que vous ne le croyez, Miss Simone.»

Elle : «C'était le *Human Kindness Day*, cent mille personnes assistaient à l'hommage qui m'était rendu. Le grand Mohammed Ali lui-même m'a présentée au public amassé devant le Washington Monument, symbole du pouvoir blanc s'il en est. Le concert a duré six heures. Je ne sais pas comment j'ai tenu. La ferveur sans doute, la joie d'être fêtée.

«Momma n'embrassait jamais ses enfants. En la voyant dans la foule, si minuscule, j'ai eu envie de pleurer. Et c'est moi qui l'ai embrassée, maladroitement, lorsqu'on l'a escortée jusqu'à ma loge de plein air. Puis la foule nous a séparées. Des milliers de fans poussaient en tous sens pour s'approcher de Mohammed Ali et de moi, pour recevoir l'aumône d'un regard ou d'une poignée de main. Un court instant, j'ai recroisé le visage de ma mère dans la bousculade et j'ai vu à son regard écarquillé que, pour la première fois, enfin, elle comprenait ce que j'étais devenue, combien j'importais à des milliers de gens qui étaient des gens bien, pas des voyous ni des damnés.

«Depuis toujours, j'attendais qu'elle soit fière de moi. Ce jour-là, j'ai intercepté l'œil noir qu'elle jetait aux plus pressants de mes admirateurs, l'air de leur dire "elle est à moi", l'air de leur dire "il faudra d'abord me passer par le corps", j'ai compris que ce qu'elle voulait, avait toujours voulu, c'était me protéger. C'était sa seule façon d'être mère : protéger. Et j'ai enfin accepté d'être sa fille.»

*Deuxième partie*

## LA VISITE À PARIS

## Grand Hôtel

À la demande de Kid Harry, l'affiche a été livrée sous un cadre de verre, «cadeau de l'imprimeur», dit-il. Excité, il déballe le cadre du papier bulle et guette une réaction de Miss Simone. Cette affiche est son projet : c'est lui qui en a conçu l'inspiration *street art*, le code couleur panafricain, le lettrage gras et, contre l'avis des deux autres Harry, lui qui a imposé l'idée d'un portrait dessiné de l'artiste plutôt qu'une photographie. C'est une réussite. L'affiche ne déparerait pas au flanc d'un taxi de brousse et Miss Simone applaudit.

Dr. Nina
Simone

*The High Priestess Tour*
*An Evening with the Original Diva*

Dans son bureau de Zurich, Harry l'Ancien a lui aussi reçu le prototype et hurle au téléphone. «Travail d'amateur!» Kid Harry éloigne le combiné de son oreille de sorte que Nina et Ricardo ne perdent rien des reproches en rafale. «C'est moche, c'est pauvre, on dirait qu'on n'a plus de quoi s'offrir un photographe professionnel! Et puis c'est quoi, cette connerie de titre, Docteur Nina Simone?» Nina arrache le combiné de la main de Kid et hurle plus fort que l'Ancien : «C'est comme ça qu'on doit m'appeler, je l'ai déjà dit. Maintenant que c'est imprimé, c'est officiel. Tu entends, vieux tas de gras?» L'Ancien lui raccroche au nez en grommelant.

Miss Simone : «Qu'est-ce qu'il a dit?»

Kid : «Que t'étais conne.»

Ricardo : «Pas du tout. Il a dit : J'abandonne.»

Kid le surfeur va sur son mètre quatre-vingt-dix. C'est un jeu d'enfant pour lui que de regarder le domestique philippin comme un moins que rien, un traîne-misère qu'une chiquenaude suffirait à écraser. Du menton, il lui désigne l'affiche encadrée : «Va donc accrocher ça dans l'entrée. La perceuse est dans le garage avec les autres outils. *[Se retournant vers Miss Simone :]* Fais-moi confiance, je vais rajeunir ton image, te délivrer des clichés dans lesquels on t'a figée, je vais rappeler au monde qu'il faut parler de toi au présent.»

*

Elle est assise à sa coiffeuse, hiératique, l'air soucieux. La grande prêtresse soul est en train de perdre ce port de tête parfait qui appartient à sa légende. Les cervicales se sont tassées, sa nuque se voûte irréversiblement, elle le sent et guette ce signe du déclin dans le miroir triptyque de sa coiffeuse : en jouant des deux pans articulés, elle peut saisir un reflet de son profil gauche, un autre de son profil droit.

Les cheveux taillés court ont poussé plus vite que prévu, qui accentuent l'affaissement de la nuque. Ils ont blanchi aussi, très vite.

«Tu connais Paris ? Non ? Ça te dit de m'y accompagner ? Juste un jour ou deux. Demain je vais à Paris chez mon coiffeur et quelques couturiers aussi. Je n'ai plus une robe qui m'aille et je ne peux pas passer ma vie dans ces vieux boubous délavés. Ici, personne ne sait me faire mon chignon tressé ; toutes les boutiques de mode sont lamentables. Je t'emmène avec moi. Ne discute pas. J'ai besoin de quelqu'un pour porter mes bagages et mes sacs. Mon dos, tu comprends.»

La maisonnée a été convoquée au salon : «Les enfants, je me suis vue dans la glace de la loge, l'autre soir, aux arènes, et ça m'a beaucoup contrariée. Il faut se regarder dans des miroirs étrangers. Chez soi, on ne se voit pas. C'est comme si les miroirs familiers étaient devenus complaisants — tandis que les autres, les miroirs extérieurs, ne nous ratent pas. Le miroir des arènes m'a montré la vérité. Je me laisse aller. J'aurai bientôt l'air d'une clocharde…»

Wendy proteste, Miss Simone n'en a cure : «Je dois me ressaisir. J'ai mon rang à tenir. Il me faut une ou deux robes de scène pour mon nouveau tour de chant.»

Le Kid : «Sage décision, Nina. Formidable.»

Elle : «Je m'absente. Je fais un saut à Paris pour quarante-huit heures, voire plus. De votre côté, profitez-en pour virer cette horrible moquette de ma chambre. À mon retour je ne veux plus la voir. Mireille, prenez deux jours de congé.»

Wendy frappe dans ses mains et sautille telle une gamine à la fête : «On va à Paris, on va à Paris!»

Nina, plus vive qu'un cobra : «Tu n'es pas de ce voyage. Toi aussi, prends donc un peu de congé avant le début de la tournée.»

Wendy, bouche bée : «Mais tes robes, Nina? Il faut bien que je sois là pour…»

Nina : «Tu crois que je t'ai attendue pour avoir du goût? Ah! Ferme cette bouche, sinon tu vas avaler les mouches.»

Wendy porte son poing à ses lèvres et menace de fondre en larmes mais, personne ne lui accordant un regard, elle se tourne vers Ricardo resté en retrait dans une embrasure de porte et s'écrie : «C'est lui, encore lui, ce petit intrigant! Tu l'emmènes avec toi!»

Jusque-là indifférent, dissimulant à peine son ennui devant ce qu'il appellerait une affaire de femmes (mais avec des mots plus choisis), Kid Harry fronce ses beaux sourcils et interroge Nina du menton, laquelle lui répond par un large sourire. C'est le sourire démoniaque, que tout le monde craint car il précède en général les pires crises. Le Kid ne dit mot, lance au nouveau favori un regard qui vaut déclaration de guerre.

Et le plus indolent de tous, celui qui ne sait comment se dire à lui-même combien il s'aime et qui, en cet instant, se recoiffe dans le miroir, l'infatué Teardrop demande : «Je prépare la voiture pour quelle heure, Miss Simone ?» Nina ôte une de ses mules à semelle de bois et la lui envoie en plein milieu du dos. Le garçon en a le souffle coupé de douleur.

Elle : «Dis donc, merdeux, tu parlais à qui, là ? On ne tourne pas le dos au docteur Nina Simone quand on s'adresse à elle. Je prends l'avion. Pas besoin de toi. Tu porteras la voiture au garage de Marseille pour un nettoyage intérieur. Elle est dégoûtante. Le cuir poisse, à peine si l'on ose s'y asseoir.»

C'est toute la domesticité qui se met à dévisager l'homme de ménage. Personne ne l'aimait vraiment, à vrai dire nul ne s'intéressait à lui. C'en est fini de la neutralité, de la tranquillité : ceux qui vivent ici, qui ont une chambre à eux, une place dans le cœur de Miss Simone et un pied dans ses intérêts, ces trois-là sont ses ennemis.

Le chauffeur garde du corps, surtout, fait peine à voir ; ses pommettes sont en feu, ses yeux humides ; aux coins de ses mâchoires, les masséters roulent comme des menaces. Teardrop a toujours été le préféré sans qu'on sache pourquoi. C'est Nina qui lui a inventé ce nom mystérieux de Teardrop : en vérité il s'appelle plutôt Jean-Paul et ça portait à confusion, disait-elle, parce que le kiné déjà s'appelle Jean-Didier et le jardinier Jean-quelque-chose-d'autre encore. Il saute d'une jambe sur l'autre, façon boxeur plutôt que danseur, il fait craquer ses phalanges et, même s'il sait, comme tout le monde dans la pièce, qu'il devrait se taire et sortir dignement, la jalousie est plus forte que l'orgueil et il demande d'une voix étranglée : «Et vous l'emmenez aussi au Grand Hôtel?»

Sans daigner lui répondre, Miss Simone annonce qu'elle a besoin d'être seule avec son piano. Avant de franchir la double porte, Teardrop lâche en français une bordée d'injures suivie d'une imprécation où Ricardo reconnaît le mot vengeance.

Trapu comme un taurillon, blindé de muscles et de chaînes en or, les avant-bras et les jambes couverts de tatouages maoris, les cheveux blonds décolorés par l'eau de mer (dit-il, mais on voit bien que de l'ammoniaque est aussi passé par là), Teardrop incommode Ricardo au point qu'il peut à peine rester dix secondes dans la cuisine si le chauffeur y entre pour dégoupiller une bière ou arracher de ses gros doigts carrés une moitié de poulet.

Quand il a fini d'empiler les cendriers et d'aligner les verres sur le plateau de service, Ricardo tente une esquive : «Mr. Bobby n'a pas rappelé. Je ne sais pas quand il rentre, ni s'il serait d'accord de ne pas me trouver à son retour. Il est souvent perdu sans moi.»

Elle : «Tssss. On dit que son gigolo le conduit

partout où il veut. Ils n'auront qu'à aller au restaurant. Quant à la maison, elle ne va pas tomber en ruine pour si peu.»

Lui, dans une nouvelle tentative : «Mais je crois que vous seriez mieux avec Teardrop. Il sait se tenir dans le monde, lui… *[Nina éclate de rire]*… et surtout il sait s'habiller avec soin. Il ne vous fera pas honte comme moi.»

Miss Simone hausse les épaules et le chasse d'un revers de main. Ainsi rois et reines disposent-ils de leurs sujets, et personne ne conteste leurs faveurs ni leurs répudiations. Un Teardrop tombé en disgrâce, comment se vengera-t-il, et de qui en premier, de sa souveraine ingrate ou de son remplaçant?

*

Nina s'amuse, Nina est fière. De retour au Grand Hôtel de la place de l'Opéra, sur les lieux de sa gloire olympienne, on la fête, on lui dresse une haie d'honneur dès son entrée dans le lobby. Comme si rien n'avait changé en dix ou quinze années, ni sa beauté ni son statut mondain, les employés la reconnaissent ou feignent de retrouver dans cette matrone vêtue comme l'as de pique et coiffée d'un turban blanc pas net la belle princesse africaine que le directeur des relations publiques leur a montrée en photo.

Elle n'a pas demandé la suite présidentielle où elle avait ses habitudes naguère — trop chère —, juste deux chambres, une double et une simple.

C'est lui, le directeur mondain qui l'a surclassée et, modifiant discrètement la réservation, lui a attribué sa suite. «Sans supplément, Miss Simone» — et elle lui caresse la joue. «Tu es un ange, tu sais.» À ses yeux embués, on dirait qu'elle le pense vraiment.

Dans le salon de la suite, un bouquet de roses Baccara l'attend (*Tant de roses qu'on n'arrivait pas à les compter*, se souviendra Ricardo) avec un bristol adressant à Mlle Nina Simone les «félicitations émues» de toute l'équipe du Grand Hôtel. Quelques minutes plus tard, un serveur blond et pâle frappe à la porte, tenant sur un plateau un seau glacé avec une bouteille de champagne et deux flûtes.

«D'où venez-vous, jeune homme, avec votre si joli accent?» Concentré sur son geste, le garçon débouche la bouteille sans bruit. Il répond enfin : «D'Allemagne, madame. De Munich, précisément.» Puis il s'incline pour prendre congé.

La porte à peine refermée, Nina part d'un grand rire bruyant — Ricardo a sursauté, les rires de Miss Simone l'effraient jusqu'à lui hérisser le poil. «Tu te rends compte, p'tite tête? Un bébé nazi me sert le champagne! Si je lui demandais de me baiser les pieds, il serait obligé de le faire! Si, si, crois-moi! Imagine que, pour son père et son grand-père, j'étais la pire chose sur terre, une bête sans rien d'humain. Oh! rassure-toi, tu n'aurais pas valu beaucoup mieux à leurs yeux. Bois un coup, mon mignon. Faisons la fête, faisons les fous.»

Elle passe une grande partie de la journée au téléphone. Dans sa chambre d'abord, puis dans la voiture de maître louée pour la journée (une Mercedes, évidemment), dans la rue et dans les boutiques. Elle n'a pas de cellulaire, elle emprunte celui de Ricardo qui s'inquiète sans le dire de la note que ces appels vont lui laisser.

«Vous n'aviez pas rendez-vous chez le coiffeur?

— Qui t'a dit ça? Je n'ai pris aucun rendez-vous nulle part et mes cheveux sont bien comme ça. *[Elle fronce les sourcils :]* Dis donc, tu ne vas pas t'y mettre? Tu ne vas pas toi aussi gérer mon agenda? Vous êtes tous pareils : on vous accorde une faveur, on se montre gentille — et voilà que vous voulez le pouvoir.

— Vous en parliez hier. Vous avez même dit que Wendy vous ratait vos tresses tout le temps.

— Ça, c'est vrai... Tu sais, il m'arrive d'oublier. La faute aux médocs. Ça troue la mémoire, ou plutôt ça l'obture. Eh! Ne prends pas cet air macabre, mon joli. Je n'ai pas Alzheimer. Ce sont juste des éclipses. Puis ça me revient. Par exemple, je me souviens maintenant que j'ai parlé de retourner chez Sandy, rue Bonaparte, ce coiffeur tout ce qu'il y a de français, qui a passé dix ans à Hollywood et dont les actrices noires et latinos raffolaient. Tu sais quoi? Hier, j'ai appelé son numéro privé, suis tombée sur sa mère qui m'a dit qu'il était mort voilà deux ans. Ça m'a fait un choc.»

Ricardo prend une voix grave et ronde, une voix paternelle : «C'est donc pour ça. Vous avez préféré oublier, chasser de votre esprit toute idée de coiffeur.

— Comme tu es sage, parfois. Vous êtes des sages, vous, les Orientaux. Pas marrants-marrants, mais sages. *[Elle baisse la voix, car le chauffeur parle parfaitement anglais :]* Tu fais attention, au moins, tu te protèges?»

La main de Miss Simone lui broie l'avant-bras.

«Me protéger? Mais de quoi?

— *De quoi, de quoi*? Banane! Tu crois qu'il est mort d'un rhume, Sandy? Je te parle de cette saloperie de sida.»

Droit dans les yeux, il la regarde et sourit, imperturbable : «Je suis chaste, Miss Simone. Totalement chaste.»

Elle, les yeux en boules de loto : «Nan?...»

Il confirme du menton, ses épaules hoquetant d'un rire silencieux — et Miss Simone le rejoint alors, de façon moins discrète : son rire à fusiller les tympans pourrait menacer jusqu'au blindage des vitres. Le fou rire dure un temps qui leur paraît interminable. Ça pourrait se calmer, s'amortir un peu, mais voici que Miss Simone joint ses mains en signe de prière et minaude : «Je suis chaste, Momma, totalement chaste» — et c'est reparti pour plusieurs minutes. Même le chauffeur, tout compassé et flegmatique qu'il est, a l'œil qui frise dans son rétroviseur à les entendre se tordre à l'arrière.

La tournée des maisons de couture, l'interminable succession d'essayages vire au K.-O. par ennui. Chez Dior, c'était rapide : la robe longue pailletée verte était la seule dans laquelle Miss Simone entrait. Chez Saint Laurent, c'est une autre histoire.

Ricardo voit bien que tout le monde les regarde, la grande femme noire américaine et lui le petit boy asiate : les jugements dans les regards sont transparents. Et Nina s'énerve parce que, même quand elle ôte ses lunettes noires dans la lumière tamisée de la luxueuse boutique, personne ne la reconnaît. Ils sont là, vendeuses et vendeurs, à papoter dans un coin, bras croisés sur le ventre, ils se dandinent et gloussent dans leurs mains en la regardant de travers. Alors Ricardo voit la mâchoire de Miss Simone tomber un peu, il identifie la lueur métallique dans les yeux et appelle pour prévenir la crise. *Please!* Mais la basse-cour les toise avec dédain — toujours aucune idée de qui elle est, ils ne voient qu'une femme louche et empâtée, son boubou qui bâille aux entournures, ses ongles ébréchés et sa grosse voix rauque — et il faut l'intervention miraculeuse de la première vendeuse (une vieille qui sait, elle, à qui elle a affaire) pour échapper de justesse à un séisme. La première vendeuse fait apporter du champagne, deux coupes que la chanteuse vide cul sec. On fait venir la bouteille entière et Miss Simone retrouve une humeur de pinson. Finalement, elle achète deux turbans, un grand carré de soie et une pelisse doublée de vison en prévision de l'hiver qui ne viendra pas avant six ou sept mois.

D'une rive de la Seine à l'autre, de grand

couturier en grand bottier, Nina a avalé tant de champagne depuis le matin que Ricardo fixe chaque nouvelle coupe, chaque nouvelle flûte avec effroi. Comment tient-elle encore debout ? C'est l'un des nombreux mystères attachés à sa personne. Une force de la nature, comme disent les Français.

## Une télévision

Le temps pour Miss Simone de prendre une douche, de changer de robe et, pour Ricardo, de ranger un peu la suite (s'étonnant toujours de l'aisance et de la rapidité avec lesquelles cette femme pouvait semer non pas le désordre mais la ruine dans un lieu impeccable quelques minutes auparavant, une disposition qui confinerait au virtuose, au sublime, à ce qu'on pourrait appeler l'art du chaos), voici qu'ils descendaient l'avenue de l'Opéra en direction de l'hôtel Regina — un autre hôtel où la chanteuse avait ses habitudes et ses admirateurs. On les dirigea vers un salon particulier aux murs capitonnés de soie vieux rose, où une créature vêtue d'une robe portefeuille ouvrit de grands bras tendineux en couinant : «Hi! Nina Simonééé!».

Dans l'emphase du geste, le décolleté de la robe s'ouvrit sur rien : Ricardo n'avait jamais vu poitrine si plate. Il y avait là aussi un photographe de presse, un perchiste et un cameraman, de sorte que le petit salon était dangereusement bondé et Miss Simone déjà en nage.

D'un froncement de sourcils, elle ordonna à Ricardo de rester près d'elle. On apporta une chaise pliante pour le boy. Nina lui glissa dans les mains son paquet de Dunhill avec la pochette d'allumettes. On venait de lui trouver un nouveau rôle dans la vie, une fonction inédite : allume-cigarettes.

Après que sa maquilleuse l'a repoudrée et recoiffée avec beaucoup de laque, Drew Johansson, la journaliste, tord la tête de trois quarts pour s'adresser à son preneur de son et c'est là, tandis que la tension fait surgir au milieu du cou une proéminence incongrue, c'est à cet instant que Ricardo comprend : la journaliste athlétique est une version américaine des Bakla de son pays, sauf que les Bakla, eux (ou elles, comme on veut), sont toujours des hommes menus, petits, aux attaches fines, des hommes dont la pomme d'Adam est presque indétectable dans le gras imberbe et laiteux du cou. Un peu de fond de teint, du fard à paupières bleu, du rouge à lèvres carmin — le tour est joué. Tandis que chez cette dame à faux cils et mollets de coq, oh... ça sent le tour de force, l'exploit permanent, la lutte contre les éléments et, pour finir, la prouesse virile.

Ricardo aimait plus que tout accompagner ses parents aux concours de beauté des Bakla. La plupart des gamins du quartier Salcedo s'y retrouvaient et chacun avait son travesti préféré qu'il encourageait. Le curé de la paroisse bénissait le public et les concurrentes, puis le maire de quartier égrenait la liste des commerçants sponsors de la fête avant de déclarer ouverte la compétition. À Salcedo, si l'on riait des Bakla, on devait le faire gentiment. Sans être fin psychologue — et quoi que prétendissent sa riche vêture, ses bijoux éclatants, son sourire victorieux —, on sentait bien que la journaliste de la télévision américaine n'avait guère rencontré de gentillesse dans sa vie — mais des rires cruels, ça oui.

Si soûle soit-elle, Miss Simone a pris le temps d'identifier chacun et chaque chose dans l'espace. Elle pointe l'index sur le cameraman agenouillé derrière son objectif. «Toi, là. Oui, toi. Tu comptais quoi? Me prendre en contre-plongée? Me donner vingt ans de plus et un triple menton? Remonte ton trépied, tout de suite. Et filme-moi à hauteur de visage. Regarde-moi en face.»

(Plus tard, elle expliquera : «Tu comprends, mon mignon, j'ai repéré le manège. Pour moi, la mandarine en pleine figure qui m'aveugle, la caméra statique qui me filme les trous de nez en gros plan. Pour elle, la journaliste, la caméra légère, les plans de coupe debout, vivants et très avantageux. Il faut penser à tout, se battre sur tout... C'est épuisant, désespérant.»)

Ça tourne? Ça tourne.

Drew Johansson : «Dr. Nina Simone, merci de nous accorder de votre précieux temps avant une nouvelle tournée mondiale. Peut-on vous demander où vous étiez passée toutes ces années?»

Nina Simone : «Je vivais mes dernières amours.

141

J'étais au Liberia où j'ai failli me marier avec l'une des grosses fortunes du pays — les rebelles l'ont assassiné. J'étais en Tunisie où j'ai rencontré un jeune homme des plus fougueux. Je l'ai quitté mais il me manque affreusement.»

D.J. : «Je vous retrouve bien là, toujours avec vos problèmes de cœur.»

N.S. : «Des problèmes de cœur... et de lit.»

D.J. : «La scène ne vous a pas manqué? Chanter, c'est votre vie.»

N.S. : «Honey, tu devrais savoir que je n'ai jamais aimé le *music business*. J'aimais être sur scène, mais je ne supportais pas tous ces pirates qui dirigent le business. Si chanter est devenu ma vie, c'est par accident. Je me destinais à la musique classique, à une carrière de concertiste. C'est parce qu'on m'a obligée à chanter que j'ai découvert que j'avais une voix. J'aurais pu l'ignorer. Mes pauvres parents imaginaient me marier à un grand chef d'orchestre... et moi je jouais sur un piano de bastringue pour des poivrots. Et tu sais quoi, *darling*? Mon plus cher désir serait d'arrêter. J'en ai marre. Chaque jour prendre l'avion, changer d'hôtel, faire avec la mauvaise nourriture, faire avec le *jet lag* et le stress. Sans cesse de sourire, de donner des interviews... Il faut aussi surveiller les gens qui travaillent pour toi. Et on pense que tu te remplis les poches en t'amusant.»

D.J. : «N'êtes-vous pas un peu excitée, quand même, un peu contente de voir sortir chez Rhino cette anthologie de vos succès de la période Colpix? Un triple album, ce n'est pas rien.»

Nina, abasourdie : «Tu… Tu peux répéter?»

D.J. : «Vous ne saviez pas? C'est pourtant un gros coup et ça marche.»

N.S. : «Vraiment?… Merci de me l'apprendre.»

D.J. : «On vous a quand même dit que le label Verve lançait sur le marché une autre compilation? Non?»

Nina, au bord des larmes : «Pour l'amour de Dieu! Les pirates sont donc partout.»

D.J. : «Oh! Je peux vous assurer que ceux-là ne sont pas des pirates. Vous serez payée.»

Nina, se ressaisissant : «Ça, Honey, je le saurai quand j'aurai les chèques entre les mains.»

D.J. : «Vous aimez l'argent? C'est important?»

N.S. : «Si j'aime l'argent? *[Elle éclate de rire.]* J'adore l'argent.»

D.J. : «Pourquoi?»

Nina rugit : «Mais quelle question tu me poses là, *darling*? Pour les mêmes raisons que toi! Pour m'acheter des robes, descendre dans des hôtels comme celui-ci, m'acheter des villas et des appartements. Voilà pourquoi je travaille si dur : pour le blé. Je connais l'humiliation de ne plus en avoir. Il y a deux ans, j'étais invitée avec Michael Jackson et Stevie Wonder à fêter les quatre-vingts ans de Nelson Mandela, à Cape Town. J'étais si fauchée à l'époque que le gouvernement sud-africain a dû payer mes frais de voyage. La honte. La honte absolue. Dans le même temps, des centaines de types gagnaient des dizaines de millions sur mon dos. C'est comme ça que j'ai décidé de traîner en justice toutes les maisons qui m'avaient grugée durant quarante ans. Pas une seule n'y échappera. Je gagne un à un mes procès.»

Voulant sans doute détendre l'atmosphère, la journaliste ironise : «Avouez, Dr. Nina Simone, vous ne seriez pas un peu parano, des fois?»

Dans les grands yeux noirs de Nina dansent des poignards : «Ne rigole pas avec ça. Pas avec moi. Je vais te raconter un truc, afin que tu comprennes pourquoi je parle de *dirty business*. J'étais une jeune femme innocente et loyale. Dès mon premier enregistrement, j'ai été abusée. On avait enregistré les douze morceaux de l'album en quatorze heures. C'était comme ça à l'époque. Au prix de l'heure de studio, on ne nous donnait pas plus. Nous, je parle des Noirs. Les chanteurs blancs, dans les mêmes labels, avaient parfois une semaine de studio. Et il faut bien comprendre que c'étaient souvent les patrons noirs eux-mêmes qui nous traitaient ainsi… À la fin de cette séance marathon, le producteur me tend un bout de papier et me dit "Tiens, signe ça pour qu'on soit en règle." Je n'avais même pas la force de lire le document. J'ai signé sans savoir que je venais de perdre un million de dollars — ce qu'allait rapporter *My Baby Just Cares* trente ans plus tard. Le contrat me dépossédait de tous mes droits. À l'époque, je n'avais ni agent ni avocat. Pourquoi me serais-je méfiée? J'avais confiance en mes semblables et puis, à mes yeux, je n'étais qu'une pianiste chantante, pas une pop star. Comment imaginer qu'un jour je vaudrais tant d'argent?»

Drew Johansson, mal à l'aise : «On sent une certaine amertume aussi à l'égard de la communauté noire. Pourtant, à la fin des années soixante, le Congrès pour l'égalité des races avait choisi votre chanson *To be Young, Gifted and Black* comme hymne national noir.»

N.S. : «Ouais, mais l'Amérique noire a refusé.»

D.J. : «L'Amérique noire?»

N.S. : «Ceux parmi les gens du Mouvement qui ne m'aimaient pas. Qui devaient penser qu'un hymne noir ne pouvait pas être écrit par une femme.»

D.J. : «Pour la contestation, les rappeurs ont pris votre relève.»

N.S. : «Oui, mais le rap est tout sauf de la musique. C'est absolument anti-mélodique. Ça tape sur une batterie, point. Tout le monde peut faire ça. Ce n'est rien. Honey, comprends-moi bien : les jeunes Noirs d'aujourd'hui sont perdus et stupides. Ils ne connaissent rien à leur foutue histoire. Ils n'ont jamais entendu parler de Martin Luther King, ni de Malcolm X, ni de moi. Ils ne savent plus qui suivre. Ils sont acculturés, décérébrés. Regarde-les danser : ils bougent comme des clowns manipulés par des câbles invisibles. Le rap reprend le message que je délivrais voilà trente-cinq ans. Ils ont copié sans rien faire évoluer. Ils n'ont rien à apporter qu'un infâme boucan... Aux jeunes qui veulent connaître la bande-son du Black Power, sa vraie musique, je dis qu'ils feraient mieux de revenir à l'original et de m'écouter moi!»

D.J. : «Dr. Nina Simone, je sais que ça vous fâche lorsqu'on vous compare à Billie Holiday...»

N.S. : «Alors, pourquoi le fais-tu, *darling*?»

D.J. : «Je crois que nos téléspectateurs aimeraient savoir pourquoi.»

N.S. : «Ah? Tu es dans la tête de ton public, toi? Un public que tu ne vois même pas?»

Drew Johansson, souriant exagérément et se frappant les cuisses : «Bien retourné, Dr. Nina! Je vois que vous avez toujours l'esprit acéré!»

N.S. : «Billie Holiday n'a pas passé son enfance vissée à un tabouret de piano, que je sache. Sa vie est sordide, atrocement triste, mais il faut se méfier de ses émotions et regarder les choses en face : Billie est une figure expiatoire, la figure même du remords blanc. En elle, les Blancs regardent leurs crimes et on ne sait pas si leur pitié s'adresse à elle ou à eux-mêmes. J'ai toujours refusé d'inspirer la pitié. Se tenir droite, rendre coup pour coup. C'est mon *motto*. Si j'ai une sœur dans ce métier, il faut la chercher ailleurs. Ma sœur, c'est Callas. Par la précocité, la force de travail, l'exigence. Par le caractère difficile. Par le goût du luxe, aussi. Par la vie privée qui échoue. Par la solitude enfin.»

D.J. : «Vous vous aimez beaucoup?»

Nina Simone vide sa coupe de champagne, demande une cigarette que Ricardo allume en toussant. Elle tire si fort que la cigarette grésille. «M'aimer, moi? Cette blague! Ce que je sais, c'est que je ne me traite pas bien. Si je m'étais mieux traitée, je n'en serais pas là où j'en suis.»

D.J. : «Que peut-on vous souhaiter?»

N.S. : «Un mari. Peu importe sa couleur de peau pourvu qu'il ait beaucoup d'argent. Surtout pas un pauvre, car un homme pauvre me volerait. Qu'il soit riche et qu'il m'emmène vivre en Afrique.»

# Dinner at Leroy's

La nuit tombe. À court de champagne, Miss Simone se souvient qu'il faut dîner.

Pas loin de l'hôtel, rue Sainte-Anne, elle connaît un restaurant japonais, le meilleur de tout Paris, peut-être. Mais c'est une adresse à oublier.

«Pourquoi n'iriez-vous pas s'il est si bon?

— Je ne peux pas... C'est-à-dire que je n'ose pas.

— *Vous*! Ne pas oser?

— J'ai fait un scandale là-bas, la dernière fois, parce que le second plat tardait à arriver. J'ai protesté si fort que le patron m'a priée de sortir. Précisant qu'il m'offrait le premier plat et le vin déjà bu. Il me virait, moi! Tu te rends compte? Alors j'ai gueulé : "Vous ne m'aimez pas parce que je suis noire." Sans se démonter, le type s'est fendu d'un sourire glacial et m'a lancé dans les gencives : "Non, madame, je ne vous aime pas parce que je suis jaune." Je suis restée sans voix. *[Elle rit.]* Ce Jap avait un humour et une présence

148

d'esprit très rares, tu sais. J'aimerais vraiment y retourner, pour la nourriture et pour lui aussi, mais j'ai peur qu'il me jette. Tu vois à quoi nous pousse le système blanc américain : il nous inocule ce poison du racisme, de sorte que nous ne pouvons plus penser hors de ce manichéisme, blancs contre noirs, noirs contre blancs, et il nous fait devenir bêtes à notre tour. Il nous viole trois fois, il torture nos corps, il brise nos cœurs et à la fin il nous ampute de notre intelligence.»

Clope aux lèvres, elle entreprend de se maquiller, mais ses doigts tremblent et l'eye-liner part de travers, le mascara trop chargé colle à sa paupière. Désemparée, elle se tourne vers Ricardo qui éclate de rire à la vue du coquart cosmétique. «Tu m'aiderais, s'il te plaît?»

Ricardo dit O.K., efface le coquart au démaquillant puis, sans trembler, sans se presser non plus, il dessine l'œil pharaonien tel qu'il l'a vu sur les photos, peint les paupières de fard doré et brosse les cils avec l'épais mascara. Le résultat est si convaincant que Miss Simone, oubliant de remercier, le moque en douceur : «Je ne voudrais pas insister ni te vexer encore, p'tit cœur, mais pour un garçon *straight*, tu t'y connais vachement en trucs de fille.

— Vous ne me vexez pas. J'avais deux sœurs aînées dont j'étais la poupée et le souffre-douleur. Jusqu'au jour où elles ont voulu m'exhiber dans le quartier déguisé en Bakla. Je me suis enfui chez l'un de mes oncles pour implorer son secours, et mes sœurs ont essuyé l'engueulade de leur vie.»

*

C'est le quartier Pigalle, le périmètre étroit du jazz et des magasins de musique, vendeurs d'instruments et vieux disquaires qui disparaissent un à un. Aurait-elle disparu elle aussi, emportée par cette connerie de hip-hop et le piratage, son ennemi de toujours? Miss Simone fait arrêter la voiture à l'angle des rues Pigalle et de Douai, remonte la vitre teintée. «Tu vois ce magasin avec les guitares en vitrine? Vas-y. Ne demande rien. Regarde juste si mes albums y sont encore. Les vinyles dans les bacs et les CD dans les éventaires. Compte combien il y en a.»

Le chiffre lui a plu et c'est triomphante que Miss Simone se fait déposer cinquante mètres plus loin, rue Victor-Massé, chez Leroy Barnes, vieux restaurateur de ses amis. Ricardo entre en éclaireur pour vérifier l'état du sol. Pas de sciure en vue. Les gens sont devenus sages, ou propres, Leroy Barnes ne saurait dire. Il prend Miss Simone dans ses bras musclés — des biscotos hyperboliques — puis il la soulève dans les airs, un tour, deux tours... deux tours et demi, pas trois. Elle rit. Il la repose à terre sans une remarque pour les kilos pris.

«Ça fait un bail, ma belle. Tu m'as manqué.

— Toi aussi, soldat, tu m'as manqué.»

Si la sciure a disparu et avec elle Suzy, l'épouse

blanche de Leroy, le patron a conservé son uniforme civil : le même éternel tee-shirt, hiver comme été, au blanc étincelant — jamais une tache, quelle que soit l'heure de la nuit. La légende du restaurant et du milieu jazzy dit qu'il n'en lave aucun. Il les jette au matin et, chaque soir, en prend un neuf dans le grand carton à l'enseigne d'un magasin de New York qui le réapprovisionne tous les deux mois : le même modèle, oui, et la même taille depuis quarante ans qu'il est en France car Leroy, ancien GI, n'a pas pris un gramme, pas un poil de graisse malgré les quantités de bière et d'alcool qu'il ingurgite chaque nuit.

«Eh! toi, là! ramène ton cul de négresse par ici! J'ai soif!»

Angie stoppe net sa course entre les tables, sa nuque se bloque, les verres vacillent sur son plateau. Elle se retourne vers le fond de la salle d'où vient la voix.

«C'est à moi que vous parlez ainsi?»

Un rire de gorge, éraillé et brutal, lui répond.

«Tu vois un autre cul de négresse dans les parages?

— Le vôtre, oui.»

Leroy quitte son tabouret de bar et vient s'interposer. Miss Simone a tort mais, bien sûr, c'est Angie qui prend. Elle ne bronche pas — c'est qu'il fait peur, le patron, dans ce tee-shirt blanc qui souligne sa musculature épaisse comme il fait ressortir l'acajou de sa peau.

Un homme qui sourit tout le temps n'a pas besoin de surjouer la colère : qu'il cesse seulement de sourire et sa colère surgira aux yeux de tous, d'autant plus violente, irrattrapable, que contenue.

« Comment oses-tu parler sur ce ton à Miz Simone ? »

Les yeux baissés sur les carreaux de ciment, Angie demande pardon.

« C'est rien. À mon tour de m'excuser. Je n'aurais pas dû te parler ainsi, ma mignonne. Car tu es sacrément mignonne, tu sais ? »

Angie relève les yeux. La dame — une chanteuse célèbre — porte un turban de jersey crème noué en cœur sur son front très haut. Il n'y a pas si longtemps, elle devait être belle encore.

Elle n'a pas faim, dit-elle, elle veut un Baileys sur glace. Titubante, elle arrive jusqu'au piano droit coincé entre bar et restaurant. Il est minuit, la plupart des dîneurs sont partis. Ricardo reste seul en fond de salle, un creux au ventre, les bras croisés sur la nappe à carreaux rouges et blancs d'une table désespérément vide. Leroy s'assied face à lui : « Et toi, tu as faim ? Oui, tu as faim. Ça te dirait de partager une côte de bœuf avec moi ? » Il passe la commande en cuisine puis fait signe à Angie de les rejoindre. La jeune femme étire ses bras au ciel et bâille en se renversant, voluptueuse, sur le dos de la chaise. Leroy pointe l'assiette de salade que la jeune femme a posée devant elle. « Une *Ceasar's* ? Tu ne vas pas manger que ça ! » Angie écarte les bras comme si son

152

corps avait triplé de volume, elle gonfle les joues et roule les yeux de façon si comique que Ricardo et le patron éclatent de rire.

Leroy : «Tu veux maigrir? Maigrir d'où? Des gencives?»

Angie : «J'ai un cul énorme, Miz Simone a raison.»

Ricardo : «Alors, là, je peux témoigner : elle appelle tout le monde petit cul, gros cul, trou du cul, cul serré et j'en passe. Ça ne veut rien dire.»

Leroy : «Il est très bien, ton cul, ma belle, et je ne veux pas que tu tombes dans les pommes au milieu du service. Les soupeurs vont arriver d'une minute à l'autre, il faut que tu tiennes debout.»

Angie s'adresse à Ricardo : «Elle est vraiment méchante, ou c'est juste un air qu'elle se donne?»

Ricardo voudrait-il répondre, le patron lui écrase l'avant-bras dans son poing : «Je la pratique depuis ses débuts à Paris, il y a… trente, trente-cinq ans. Elle n'est pas méchante : elle est violente. Pas pareil.»

Sur le piano nasillard et désaccordé, Nina Simone s'échine toujours à jouer Bach et Chopin entre deux improvisations. Çà et là, on distingue des mots africains décousus. La salle se remplit. Des gens qui sortent de concert, quelques spectateurs, surtout des musiciens. En découvrant au piano la cachetonneuse du jour, tous demeurent interdits, un sourire idiot aux lèvres.

Le seul à oser approcher est un grand jeune homme blond portant à l'épaule un étui de guitare. «Nina?» À peine a-t-elle levé les yeux sur lui que ses doigts s'évanouissent sur le clavier : «Mickey?» Le jeune homme hoche la tête : «Désolé, non.» D'une voix noyée de larmes, la pianiste souffle : «C'est comme moi. Je ne suis que le sosie de Nina Simone.» Puis elle reprend le nocturne de Chopin là où la question fâcheuse l'avait suspendu.

«Vous voyez le joli sac rose et or?»

Leroy Barnes désigne le réticule en maille dorée et satin posé sur un coin de la nappe, contre l'assiette sans emploi de Nina.

«Là-dedans, mes enfants, ce n'est pas un bâton de rouge ou un flacon de parfum qu'elle transporte. C'est son *gun*, un revolver de femme élégant comme tout — un vrai bijou. Elle me l'a montré, une nuit qu'elle était cuitée, un petit Smith & Wesson, un calibre 38, je crois, ou un 32, j'ai oublié. Rien qui rigole, en tout cas.»

Angie ouvre de grands yeux ébahis. Leroy se moque d'elle : pas la peine de se donner des airs de dure, de porter des boots, des pantalons de cuir et un gilet de *biker*, si c'est pour que votre enfance vous dénonce à la moindre surprise.

«Et ce n'est pas une arme de dissuasion : Miz Simone ne menace pas, elle passe directement à l'acte. Elle a fait scandale voilà deux ans de ça. Elle a tiré sur un gamin français, le fils de ses voisins, et ne l'a pas loupé.»

Ricardo baisse les yeux, visage impassible, comme absorbé par le recensement des carreaux rouges et blancs de la nappe.

«Un gosse trop bruyant, qui faisait un concours de plongeons avec des copains autour de la piscine. On sait comment ça se passe, c'est à qui fera la plus grosse bombe, à qui réussira le saut périlleux arrière, à qui plongera le plus haut. Évidemment, ça rit, ça crie, ça s'excite, ça casse les oreilles si ça dure. De là à prendre un flingue…»

Leroy désigne une nouvelle fois le réticule avec un clin d'œil à Angie. Le sac est à portée de sa main. Angie secoue la tête — non, non, non, elle ne fouillera pas dedans.

Ricardo interrompt le jeu sèchement : «Je sais ce que ce sac contient, c'est moi qui l'ai rempli. Il n'y a aucun revolver.»

*

Quand Miss Simone s'est levée du piano, ses traits étaient lisses, reposés ; son corps même semblait détendu et avançait, léger, entre les tables. Comment avait-elle dessoûlé ? Par quelle magie pouvait-on évacuer cinq ou six litres de champagne, sans compter les cocktails corsés entre deux coupes ? Ricardo était pantois. Les clients la regardaient passer, intimidés. Un gamin au crâne rasé voulut applaudir, son aîné à dreadlocks l'en empêcha.

Elle souriait. «Maintenant, j'ai la dalle. Leroy, nourris ta pianiste ! Je veux du poulet frit, du maïs et des patates douces. Avec des tranches de bacon bien grillées.»

Ricardo s'est endormi sur la banquette rouge, un temps qu'il ne saurait mesurer. Lorsqu'il rouvre les yeux, il découvre Angie lovée dans les longs bras de Miss Simone, Angie qui embrasse Miss Simone à pleine bouche et, ma foi, Miss Simone se laisse faire. Jusqu'au moment où Angie veut lui prendre les seins dans ses mains. Là, Miss Simone sursaute et la repousse brutalement. «D'où viens-tu avec tes vingt ans et ton joli minois?

— Huntsville, Alabama.

— Sais-tu, Angie de Huntsville, Alabama, United Snakes of America, sais-tu seulement, quand tu me méprises comme une vieille pas grand-chose, que cette liberté que tu as, dont tu jouis, c'est à des aînés comme moi que tu la dois?»

Angie proteste : «Vous mépriser? Çà non! Je vous trouve superbandante, Nina. Superémouvante aussi.»

Leroy lève les yeux au plafond, commande à son barman une nouvelle bouteille de champagne en annonçant que c'est la dernière. Leroy est un homme à femmes que les aventures saphiques n'intéressent pas. Être exclu ne l'excite pas. Partager non plus. Une lesbienne est un pote, voilà. Un pote dont se méfier comme de tous les autres.

. . . . . . . . . . . . . . . . . . . . . . . . .

*Alabama! Le lieu du crime. Alabama, où tout a commencé... J'ai souvent chanté là-bas. La pre-*

156

mière fois que j'y suis allée, c'était en 1963, après les émeutes. À Birmingham, quatre fillettes noires avaient été fauchées par une bombe du Ku Klux Klan alors qu'elles se rendaient au catéchisme. Dans la ville voisine, un adolescent noir avait été tué par une dizaine de lycéens blancs. Ce jour-là, j'ai écrit en une heure ma première protest song, Mississippi Goddam.

On était quelques-uns à décider d'aller soutenir les gens sur place. Le premier concert, on l'a donné à Birmingham, où le plancher de la scène s'est effondré. Ces concerts étaient des moments étranges, comme suspendus, où se mêlaient l'excitation, la fierté et une trouille terrible. On nous promettait des bombes, on nous disait que tous les artistes participants seraient descendus.

Un jour, avec mes musiciens et mon ami Langston Hughes, on volait vers Montgomery dans un avion loué par mon mari. Le pilote avait amorcé sa descente, sorti le train d'atterrissage lorsque, d'un coup, il remit les pleins gaz et l'avion regagna le ciel à la verticale. Tous, nous nous sommes penchés par les hublots : la piste d'atterrissage de Montgomery était bloquée par des dizaines de bulldozers et de camions. Les autorités municipales avaient appris qu'un paquet de célébrités devait arriver dans la journée pour un grand concert en hommage aux premiers marcheurs des Droits civiques. Elles avaient donné ordre de bloquer l'aéroport — oubliant au passage que les aéroports sont sous contrôle fédéral. Mais, à ces Blancs-là du Sud profond, tout était permis depuis toujours.

On nous a déroutés sur l'aéroport de Jackson, Mississippi. Là, coup de chance, un pilote qui faisait avion taxi avec son monomoteur propose de nous emmener à Montgomery. Il avait un argument choc pour nous convaincre de monter dans son tas de tôle : l'engin était si petit qu'il pouvait le poser n'importe où.

Je m'assieds à l'avant, entre le pilote et Al, mon fidèle guitariste. Langston, deux autres musiciens et mon mari se serrent à l'arrière. L'avion bascule alors, nez en l'air, queue frappant le sol. On change les places pour répartir les poids. Cette tête brûlée de pilote nous rassure : «Tout ira bien», il lance l'avion sur le tarmac mais, au moment de décoller, le coucou se met à cahoter et à heurter le sol de la piste. «Well, les amis, je ne suis plus si sûr de moi maintenant.» À ma droite, je vois Al fermer les yeux et serrer son étui de guitare en ses poings. (Je crois bien que mon vieux nounours blanc était en train de prier.) Le pilote s'y reprend à trois fois avant que sa lessiveuse volante enfin ne décolle. Comme il l'a promis, il atterrit sur un bout de piste si court que personne n'a pensé à y mettre un bulldozer ou un camion. Il n'est même pas certain que les radars aient détecté notre approche tant nous volions bas, à hauteur d'immeuble ou presque.

La maigre consolation avec ces salauds de ségrégationnistes, c'est que ce sont aussi de fieffés abrutis : fiers de leur blocus, ils étaient tous partis se soûler la gueule en ville et l'aérogare déserte ne comptait pas un seul flic de garde. On l'a traversée comme dans un rêve absurde, un rêve à l'issue incertaine, amusés sans oser rire, inquiets jusqu'à ce que les deux voitures dans lesquelles nous nous engouffrions aient quitté le périmètre policier de l'aéroport.

*Le concert avait lieu sur le terrain de football du lycée noir de Saint-Jude. Quarante mille personnes se pressaient sur la pelouse et dans les gradins. Dans la tente dressée pour les artistes, je retrouvais Johnny Mathis, Shelley Winters, le grand Leonard Bernstein et le splendide Harry Belafonte.*

*Tout était offert par des donateurs et des bénévoles, la nourriture, les boissons, les éclairages… Le concert commence, ouvert par Belafonte. Lui, si agile et délié dans ses mouvements, voici qu'il se prend plusieurs fois les pieds au tapis de scène. Intrigué, il soulève un coin du tapis et découvre que le plancher repose sur des douzaines de cercueils vides prêtés par les pompes funèbres noires de la ville. Des cercueils tout prêts pour nous. Natif de la ville, le batteur de Belafonte a grimacé : « Bienvenue à Montgomery, les amis. »*

*On prenait les menaces au sérieux. Ces fanatiques d'Alabama ne faisaient pas semblant. Et c'était chaque fois troublant, vertigineux d'entrer en scène en se disant que, la nuit d'avant, un plouc rougeaud et défoncé à la bière avait juré devant ses copains que ce serait ton dernier concert. « Son ultime concert à cette salope de négresse communiste, ouais les gars ! » On sursautait au moindre craquement, on croyait voir des lunettes de fusil et des canons de carabine dans tous les miroitements de la foule.*

*Le soir, on nous a groupés dans la même chambre d'hôtel, avec mes musiciens, mon ami Hughes et mon mari. Nos matelas posés à même le sol. On nous avait demandé de ne pas approcher des fenêtres. Au milieu de la nuit, j'ai quand même jeté un œil en entrouvrant les rideaux : sur les toits tout autour étaient postés des* marshals *en armes — des policiers blancs pour nous garder… ou, plus vraisemblablement, nous dissuader de revenir.*

*J'ai tant donné pour le Mouvement, je me suis mise en danger et j'y ai laissé ma carrière. Pendant quinze ans, plus aucune maison de disques ne voulait me signer. J'étais indésirable. Surveillée par la CIA, surveillée par le FBI. Et à l'arrivée, quoi ? Mes rares amis sont morts ou en exil. Carmichael et Malcolm X m'avaient demandé d'écrire l'hymne du Mouvement, qui deviendrait le second hymne national. Eh bien ! leurs successeurs ont refusé ma chanson. Ils préfèrent les poufiasses disco et les rappeurs débiles. Ils se sont essuyés les pieds sur moi. J'emmerde la cause noire.*

. . . . . . . . . . . . . . . . . . . . . . . . .

Poings sur la table, elle se dresse, harangue les derniers clients essaimés : «Oui, vous m'avez entendue : la cause noire, je l'emmerde !»

Elle attire Angie contre elle : «On va danser au Katmandou ? *[Se tournant vers Ricardo :]* Une boîte de filles. Ta chasteté sera sauve. Les hommes y sont interdits, c'est la règle, mais avec moi tu entreras.»

Angie, moqueuse : «Nina, le Kat a fermé voilà huit ans déjà. Mais on peut aller au Moon, à deux pas d'ici. Je finis mon service dans une demi-heure.»

Nina, sèche, comme dégrisée d'un coup : «Non, ça ira comme ça. Je dois rentrer dormir. Me reposer.»

Les sorties de Miss Simone sont aussi fulgurantes que ses sautes d'humeur : à peine a-t-elle dit, elle est debout, tend un billet de cinq cents à Leroy qui le refuse, ils s'embrassent, elle est déjà sur le trottoir lorsqu'elle réalise qu'elle n'a pas dit au revoir à la drôle de serveuse.

## Du ménage

… Dans mon enfance on était heureux à peu près. On avait une grande maison avec un beau jardin, un toboggan, un panier de basket, une balançoire… On était l'une des deux seules familles noires de la ville à disposer d'un court de tennis attenant. Mes aînés jouissaient ainsi d'un vrai prestige parmi leurs camarades d'école qui se disputaient le privilège de venir jouer chez nous. C'était avant ma naissance.

Quand je suis née, en pleine crise, la révérende Mary Kate, ma mère, n'était plus cette maîtresse de maison élevant sa progéniture dans la piété et la paix frugale des humbles. Elle faisait des ménages chez les riches — et elle cirait le parquet des Miller le soir même où la poche des eaux se perça pour me livrer au monde. L'inflation avait réduit nos économies à une peau de chagrin. On avait tout perdu, mais mes parents continuaient de croire en Dieu et de croire en Ses récompenses : si l'on craignait Dieu et trimait comme un esclave jour et nuit, alors, en attendant le paradis dans l'autre vie, on méritait d'être promu dans cette vie-ci. Les pauvres gens! Ils ont eu beau se tuer au travail, ils ont eu beau prier, faire carême, faire pénitence, s'égosiller à chanter Ses louanges, Il les a jetés à bas de la société humaine comme des vauriens.

*[Miss Simone s'échine, elle brasse, rassemble et tasse en tous sens les quatre oreillers sous ses reins, mais c'est pour rien, son dos n'y trouve aucun soulagement. Ricardo fait le tour de la suite, une pièce après l'autre, et en revient les bras chargés de coussins qu'il dispose tout autour d'elle. Elle sourit, remercie.]*

Nous étions pauvres mais, pour autant, je ne me rappelle pas avoir jamais eu faim. La maison était devenue une petite ferme, Momma avait divisé le jardin; d'un côté la basse-cour avec poules, cochons et même une vache; dans l'autre partie, un immense potager avec des rangs et des rangs de tomates, de haricots verts, de maïs, de courges et de choux verts. On troquait, tu comprends, nos légumes et nos œufs contre de la farine, du beurre, de l'huile, du sucre.

L'une des grandes réjouissances de mon enfance, c'était de tuer le cochon. Un rituel qu'on adorait mes aînés et moi.

*

Ricardo frappe dans ses mains et rebondit sur le bord du lit : «Ah oui! Chez moi aussi on tuait le cochon et c'était la fête. Mes deux oncles venaient aider ma mère qui n'avait pas la force de tenir la bête — c'est une petite femme toute menue, et mes sœurs et moi n'étions guère plus costauds. Dès le lever du jour, bien des heures avant qu'on ne vienne le chercher armés de la corde et du couteau, le cochon dans son parc se mettait à hurler et à tourner en rond comme un damné.»

Elle : «Ils sentent la mort arriver. Ça les angoisse. C'est terrible comme ils tentent de nous échapper.»

Lui : «Un jour, un jeune porc vigoureux nous a foncé dessus et renversés dans la fange avant de filer se réfugier dans le tas de fumier de la cour voisine. Et c'était un énorme tas. Il a fallu une heure pour l'en déloger. Même enfoui sous deux mètres de paille et de lisier, il couinait, grognait, hurlait encore. Se défaisant de la corde, il allait nous échapper une nouvelle fois, mais un oncle lui a sauté dessus et l'a plaqué au sol avant qu'il n'atteigne la mare. Déjà, l'autre oncle avait plongé son long coutelas dans la gorge de la bête. Elle a eu quelques sursauts, des râles, des rots, des couinements assourdis, comme si, par le sang bouillonnant de la plaie, sa gorge voulait encore protester.»

Elle : «Oh! Je me gardais bien d'assister à la mise à mort. Je restais dans ma chambre et ne m'aventurais dans le jardin que lorsque la bête était froide et vidée, le sol ensanglanté recouvert d'une bonne couche de sciure. Je n'ai jamais supporté la vue du sang. Le mien, ça va encore. Mais le sang d'autrui, non, je m'évanouis. »

« T'en penses quoi, de ce que tu fais ?

— Hein ?

— Ne joue pas à l'andouille. De cette façon de gagner ta vie, tu penses quoi ? »

Ricardo écarte mollement les bras pour dire qu'il n'a pas trop le choix.

« Moi, j'avais honte que ma mère fasse le ménage chez les riches. Enfin, je veux dire les Blancs. Elle n'avait pas toujours fait ça. Avant que mon père ne tombe malade et ne perde son commerce et ses autres jobs, elle nous élevait, mes frères et sœurs et moi, elle tenait la maison et surtout elle se consacrait à son ministère. C'était une pasteure très respectée, connue bien au-delà de sa paroisse, et elle était souvent en voyage, elle sillonnait la Caroline du Nord et les États voisins, tellement on l'appréciait… Et soudain, cette décrépitude : faire des ménages. Torcher les gosses des autres, laver la merde des autres. Elle travaillait tant d'heures qu'on ne la voyait presque pas et, au fond, ça ne changeait pas de l'époque où elle était sur les routes à prêcher la bonne parole. Non, elle était tout aussi absente, mais sans grandeur aucune, mais déchue.

— Vous exagérez, Miss Simone. Il y a de la grandeur à travailler pour nourrir ses enfants, pour leur permettre d'aller à l'école. On se dit que, s'ils sont instruits, ils auront une vie meilleure que la nôtre.

— C'était ma mère, elle m'effrayait et je l'admirais... Amochée. Ils me l'ont amochée. C'est là que j'ai commencé à me dire qu'il y avait un truc qui clochait avec les Blancs. Jusque-là, je voyais Momma prendre le thé avec Miz Mazzy et Mrs. Miller («Tes bonnes fées», disait Daddy Divine, mon père) et je trouvais que tout était bien ainsi, chacun à sa place, les dames adultes papotant ensemble, la fillette trimant au piano. Mais, peu à peu, le tableau d'une société parfaite se craquelait.

— Votre papa s'appelait Divine ?

— Ouais. Ça te fait rire, hein ! John Divine, prédicateur le dimanche, barbier le reste du temps. Et maçon, et chauffeur de camion, et repasseur de pressing. Que de bondieuserie autour de moi... Oh, c'était mon dieu, mon père. Je l'ai soigné quand il est resté un an malade. Du haut de mes cinq ans, je me suis faite infirmière. En plus du piano, en plus de l'école, en plus de l'église du dimanche. Je n'ai pas beaucoup ri, enfant, pas eu le temps de m'ennuyer non plus. Mon père m'en était reconnaissant et je crois pouvoir dire, parce que même mes frères et sœurs en convenaient, que j'étais la préférée de ses enfants. Longtemps il est resté mon confident et mon soutien. Jusqu'au jour où il m'a trahie, lui aussi, à l'un des pires moments de ma vie. Je souffrais tellement que j'avais traversé l'Atlantique pour me réfugier chez mes parents, comme une jeune mariée trompée. Je me reposais, je jouissais de les retrouver, Daddy Divine, Mère la Révérende et mon frère

Samuel adoré. Un soir, après dîner, j'étais allée téléphoner dans le couloir pendant que Samuel et notre père devisaient au salon. Je n'ai pas réussi à joindre le numéro que j'appelais. J'ai raccroché le combiné, doucement — trop doucement —, pour surprendre mon père en train de dire à son fils : "C'est moi qui vous ai fait vivre depuis toujours. Votre mère avait ses ménages, oui, mais elle avait surtout son ministère qui lui prenait presque tout son temps. C'est moi qui rapportais de quoi nourrir et élever notre grande famille. Et puis, il fallait faire des sacrifices pour payer les études musicales de ta sœur. De gros sacrifices. Oui, je peux dire que je suis fier d'avoir été un bon chef de famille." *[Long soupir caverneux.]* Vingt ans que cette grande famille vivait de mon chèque mensuel. Vingt ans que John Divine n'avait plus vu la couleur d'une fiche de paie car il avait perdu ses trois jobs l'un après l'autre, son boulot de barbier, celui de repasseur au pressing, celui, enfin, de chauffeur routier. Et, en vingt ans, il n'avait jamais retrouvé de travail digne de ce nom, digne de notre rang. Il était laveur de carreaux chez les uns, jardinier chez les autres ; il était serveur en extra dans les réceptions ; il vendait des sandwichs sur Mainstreet, en plein centre-ville où tous nos voisins pouvaient le voir ; il n'était plus bon à rien. Bon qu'à nous faire honte, à mes frères et à moi.

— Il ne faut pas penser ainsi, Miss Simone. On ne peut pas avoir honte de ses parents.

— Tsss. Dans ton monde à la Disney, peut-être. Dans le monde réel, je souffrais. Momma s'était voulue vestale, élue de Dieu — elle faisait des ménages. Daddy Divine avait eu son propre commerce, il s'était relevé de bien des déboires et pour finir?... Il n'était qu'un valet. Le pire, c'était les extras. Le voir servir avec ses gants blancs ridicules, réduit au rôle de figurant châtré comme dans les films hollywoodiens qu'on allait voir le samedi matin dans le petit cinéma réservé aux Noirs, le voir déclassé ainsi, ça me tuait. *[Un temps.]* Quant à mes études, elles avaient été payées par d'autres, mes fées blanches comme il disait lui-même, mais à présent il préférait l'oublier. Jamais je ne lui ai pardonné son ingratitude. Je suis repartie à l'aube par le premier car, et je n'ai plus revu mon père. À sa mort, je n'ai même pas pleuré. »

Ricardo la voit tourmentée, hésitante, qui se griffe les avant-bras, la base du cou.

« Je vais te dire un secret, quelque chose que je n'aime pas me rappeler. Le divorce d'avec Mickey, mon beatnik, m'avait laissée sur la paille. Lui et ses copains avaient bu et fumé toutes mes économies. Des années d'épargne. Et tu sais quoi? Moi qui devenais une chanteuse prisée, moi qui me produisais tous les soirs au Village Gate (un endroit chic, crois-moi, plus rien à voir avec le Midtown), moi qui avais un premier album et un tube sur les radios, je me suis vue obligée de chercher des ménages... Des ménages, oui, tu entends bien. Avant de chanter la nuit, le jour j'allais faire le ménage chez des Blancs de Central Park pour un salaire de misère... La fatigue, encore elle... Tu la comprends maintenant? La fatigue, ma vieille et si fidèle compagne, la seconde, après la solitude qui fut là dès l'enfance.

— Vous êtes une femme courageuse, Miss Simone. Une des femmes les plus méritantes que j'aie connues.

— Ce chaos n'a pas duré mais, le peu de temps que je le subissais, j'ai commencé à envisager ma mère sous un jour nouveau, ma Mère la Révérende qui avait connu ce déclassement, cette humiliation que rien n'efface, même pas les prières, j'imagine. Momma qui se taisait, à croire que son bon dieu lui avait cerclé la bouche d'un mors et d'une gourmette comme on le fait aux chevaux impétueux. Moi qui ne me tairais pas, qui choisirais de renâcler et de ruer, en chansons comme en actes, pour le peu que ça a servi — quand ça ne m'a pas desservie. Récemment, je suis tombée sur mon certificat de naissance. Il y est inscrit en toutes lettres que Mary Kate Waymon est femme au foyer. Pas bonniche, non. Maîtresse de maison, mère de famille — une dame, quoi. C'est ainsi que j'ai compris, mais tard, qu'elle avait honte elle aussi.»

## Une visite surprise

Le lendemain matin, levés à sept heures trente, ils montent dans un taxi avec les bagages et les sacs d'emplettes aux prestigieux noms de marque. Pourquoi Miss Simone a-t-elle commandé un réveil et un taxi si tôt, alors que l'avion est en milieu de journée, Ricardo l'ignore. Il pleut sur Paris et elle a perdu sa belle humeur.

Le taxi se gare dans le jardin intérieur d'un grand bâtiment de brique rouge. «Attends-moi là. Ne bouge pas. Regarde bien qu'il ne trafique pas le compteur, celui-là. Les taxis parisiens sont tous des voleurs.» Des blouses blanches traversent le jardin sous la pluie et Ricardo comprend qu'il est dans un hôpital. Il désobéit, sort du véhicule, se dirige vers l'entrée vitrée où elle a disparu. Dans le hall verdâtre, il lit le panneau indicateur des services : radiologie, imagerie magnétique, échographie, oncologie mammaire. Il s'approche du guichet où deux jeunes femmes discutent vivement, il dit qu'il cherche une dame appelée Nina Simone. «Personne à ce nom, répond l'une des filles sans même le regarder, puis : N'insistez pas, je vous dis qu'y a pas de dossier à ce nom. » L'autre secrétaire rougit. « Oui, je vois de qui vous parlez. C'est en oncologie, monsieur, vous prenez l'escalier, premier étage et c'est tout de suite sur votre droite. » Ricardo hésite. Sans doute ne sait-il pas ce que c'est oncologie. Face à l'escalier, ses genoux se dérobent sous lui, la tête lui tourne ; il fait volte-face et prend le chemin de la sortie sous l'œil soupçonneux des hôtesses.

Dans une poche de ses jeans, son téléphone vibre, c'est Bob Williams qui le houspille. « Je suis rentré de Paris hier, tu n'étais pas là. » Ricardo s'entend répondre avec désinvolture : « On s'est croisés, Mister Bobby. Aujourd'hui, c'est moi qui suis à Paris. » Pour ne plus essuyer les reproches, il feint une coupure de réseau, répète : « Allô, Mister Bobby ? Allô, allô ? », puis raccroche tandis qu'à l'autre bout de la ligne son patron hausse la voix : « Je t'entends, moi. Je t'entends très bien ! Allô ? »

Miss Simone réapparaît une bonne heure plus tard, grise, les épaules affaissées, la mâchoire comme décrochée. Le taxi repart en direction du périphérique. Ils atteignent l'embranchement de l'autoroute du Sud lorsque Nina Simone parle enfin : « Tu n'as rien vu. On n'est jamais allés dans cet hôpital. Tu m'entends ?

— C'est compris, Miss Simone.

— Tu ne dis rien aux Harry, ni à Wendy ni à Teardrop. Rien à personne, et surtout pas à ma fille. »

Comme si elle entendait la question muette de Ricardo, elle lâche avec dédain : « C'est le cancer. Une saloperie de cancer qui revient. »

Puis, la voix nouée : « Tu crois qu'elle rappellera un jour ?

— Angie ?

— De quoi tu me parles ?

— La fille, cette nuit… Angie.

— Pfff. Arrête avec ces bêtises. Je parlais de ma fille. *Ma fille.* Tu crois qu'elle rappellera un jour ? Que je la reverrai ? Dix ans qu'on ne s'est pas parlé. C'est comme un deuil, parfois. Un deuil avant la mort. Comme être enterrée vivante.

— Bien sûr que vous la reverrez, qu'elle rappellera. On continue d'aimer ses parents. Même séparé d'eux par un océan.

— Ils sont gentils avec toi, tes fils ? Ils t'écrivent ? Ils t'appellent ?

— Non. Mais c'est ma faute. Ils ne m'ont pas vu depuis quatre ans.

— Ils savent que tu sacrifies tout pour eux. Que tu ne prends pas de vacances pour leur envoyer des sous. Que tu trimes comme un chien pour eux. Moi c'est l'inverse : j'ai sacrifié ma fille à ce foutu métier dont je ne voulais pas et à ces amants qui m'ont rejetée. Je l'ai ignorée pour des chimères et des hommes de paille. »

Elle sursaute, lui empoigne le genou d'une main puissante. « Si jamais tu dis le moindre mot à ma fille, je te les coupe et je te les fais bouffer. »

Les yeux de Miss Simone sont écarquillés de colère et d'effroi. « C'est juré, promis, juré. » Se rappeler les paroles de Leroy. Qui sait si, dans le réticule rose et or, elle n'a pas glissé une arme ce matin ? Ricardo mentait la nuit dernière, juste pour clouer le bec à ce vieux bellâtre de GI : personne n'a le droit de regarder dans le sac de Miss Simone, personne le privilège de veiller à son contenu. Dans le taxi qui roule vers Orly, elle fixe de longues minutes le rétroviseur intérieur. Elle se regarde, pas contente, l'air de dire : « Qui est cette grosse femme noire mal coiffée assise à l'arrière ? Que fait-elle dans ma voiture ? Qui est cette intruse dans mon reflet ? »

Pas âme qui vive. Nul ne les attend à la villa. Le garage est vide, Teardrop et le Kid ont disparu, laissant le frigo vide lui aussi. Même pas une bière au frais. La vodka dans le freezer, ils l'ont sirotée ou bien jetée dans l'évier, rien que pour se venger. Miss Simone s'effondre sur un tabouret de la cuisine. Elle croise les mains sur la table, y pose sa tête lourde. Ses avant-bras brillants de bracelets lui faisant une couronne, on dirait qu'elle dort comme les princesses narcoleptiques des contes de fées. Ricardo n'a pas besoin d'approcher trop ni de tendre l'oreille pour savoir qu'elle pleure. Il prend son casque accroché dans l'entrée, le panier à commissions et, avant de démarrer le scooter, il appelle : « Mister Bobby, je ne rentre pas ce soir. Miss Simone est au plus mal, je dois rester avec elle. » Deux nuits sans lui, Bob Williams sera vraiment en colère. Comment faire pour plaire à tout le monde sans décevoir personne ? Lorsque, après avoir glissé la pizza surgelée, les anchois marinés et la bouteille de champagne dans le panier, il demande à l'épicier de mettre ça sur le compte de Miss Simone, le bonhomme s'emporte : «Son compte ? Vous voulez parler de l'ardoise de 20 000 francs qu'on me doit depuis un mois ? Je ne suis pas la banque à Rothschild, moi, je ne fais pas crédit et j'en ai rien à cirer des vieilles stars dans la débine.» De l'index, il se tape le front : «Y a pas écrit mécène, là ! ni pigeon !» Ricardo sourit, ne comprenant pas la moitié des mots. Mais, quand l'épicier veut lui arracher le panier des mains pour reprendre sa marchandise, Ricardo esquive et bondit dehors. Il entend les injures dans son dos, des vociférations qui le poursuivent bien après qu'il a démarré. Les insultes, on s'en fout, mais pas les malédictions et les sorts : au premier virage, il ralentit, baise la croix d'or à son cou puis se signe sur le front.

*

La boîte aux lettres déborde : deux réclames de supermarchés, des factures, des lettres de rappel, des relances d'huissier et un recommandé international à l'en-tête de l'Internal Revenue Service — *Le fisc américain*, explique Miss Simone sans ouvrir l'enveloppe. Ça peut attendre demain.

Dans le salon, le fax a répandu des mètres de papier en vagues sur le sol — un sol tout blanc, de la blanche pierre des Alpilles, débarrassé de la moquette noire. Cela au moins a été fait. Dans la chambre de Miss Simone aussi. Les deux répondeurs téléphoniques sont au rouge, saturés de messages.

«Tu vois que je n'exagère pas à propos des Harry. Vois comme ils me traitent. Si tu n'avais pas été là, j'aurais pu crever de faim et de soif… Vois la négligence… Tous ces papiers en retard. Qui croirait que j'ai un secrétaire à demeure? Deux disques sortent dans mon dos, au même moment, et ils ne sont pas foutus de le savoir. Ou bien ils le savent… Ont empoché les royalties sans m'en parler, les ont mises sur des comptes en Suisse ou aux Caïmans, dont je ne vois jamais les relevés. *[Un bref soupir, une longue rasade de champagne.]* Tu les as vus intriguer. Tu m'es témoin. Ils chuchotent, ils complotent, ils me débinent, oubliant souvent que je suis dans la pièce à côté, que j'ai une oreille exceptionnelle et qu'on entend tout dans cette maison aux murs de papier. Le plus grand intrigant, c'est le nouveau, le Kid. Je sens qu'il veut chasser les autres, rester seul maître à bord de l'entreprise… Il est jeune, il a les dents d'un requineau… C'est tentant: ça m'éviterait de verser des pourcentages à trois types.

— Sauf votre respect, Miss Simone, vous vous plaignez d'être flouée par tous les hommes mais vous seriez prête à recommencer avec ce merdeux que vous dites vous-même négligent, que vous appelez requin?»

Nina secoue la tête, accablée.

«Tu ne comprends pas. C'est normal. Je suis

habituée à ce qu'on ne comprenne pas. J'ai besoin d'un homme fort. D'un homme riche ou qui veut le devenir. Dans ce métier, une femme doit avoir un homme solide à ses côtés. Une femme noire encore plus qu'une autre.

— Mais qu'est-ce qu'il a de solide si vous ne pouvez pas compter sur lui, si vous savez dès le départ que celui-là aussi partira avec la caisse ? Je ne vous comprends plus, Nina. »

Ricardo a dit ça d'une voix lasse et peinée.

« Il faut avoir son requin à soi face aux grands requins des maisons de disques. Les requins blancs comme les requins noirs. Un jour, ton requin se retourne contre toi et t'arrache un lambeau de bras. C'est la loi de la nature. C'est dans ses gènes de petit requin. Il te bouffe, il te saigne, tu ne meurs pas mais tu es exsangue, si affaiblie que, pour retrouver ta vie d'avant, tu dois prendre un nouveau requin.

— C'est sordide, Nina. Sordide. Vous méritez mieux que ça. »

Elle le regarde et sourit d'un franc, d'un plein sourire.

« Quoi ?

— Tu t'es entendu, non ? Tu n'as pas remarqué que tu m'appelais Nina ? *[Elle rit.]* Eh, ne t'excuse pas, p'tit cul ! Je ne t'en veux pas. Au contraire, ça m'a fait plaisir, mon vieux cœur désabusé a battu plus fort quelques secondes. Alors c'est entendu : plus de miss, plus de docteur, désormais ce sera Nina. C'est drôle, tiens… Ah oui… *[Elle lui prend le menton, examine le profil gauche, le profil droit.]*

Soudain, je réalise que tu lui ressembles. Chico, ce petit copain latino qui me surnommait Niña : tu lui ressembles par certains gestes, certaines expressions, certaines pudeurs aussi. Tu sais quoi ? T'es beau gosse, mon mignon de Manille. »

. . . . . . . . . . . . . . . . . . . . . . . . . . . . . . .

*Les Harry se sont succédé dans ma vie à une telle vitesse et en si grand nombre que je ne saurais les compter. J'ai essayé un jour, en vain. Il faut croire que la mémoire répugne à se souvenir des humiliations et des spoliations. Car tous m'ont escroquée, tous sans exception. Les honnêtes hommes, dans ce métier, je me rappelle bien sûr leur nom, parce que je les aimais et parce que je les compte sur les doigts d'une main. Il y a eu Harry Steward, du Midtown. Il y a eu Max Cohen, qui m'a imposée. Et il y a eu Big Willy, le producteur hollandais, le meilleur de tous. J'étais partie promener ma carcasse à Amsterdam à cette époque, une époque très sombre, de confusion et de désespoir. Big Willy était grand, costaud, une baraque comme je les aime. Riche et très respecté dans le* music business, *il n'avait pas besoin de ma renommée pour exister ni de mon argent pour vivre. Il a relancé ma carrière, sans rien y gagner que mes scènes de dépit — je voulais qu'il m'épouse, il refusait. « Si je t'épousais, un jour adviendrait où tu saurais tout de moi, fatalement. Et tu regretterais alors de m'avoir donné ta main. » Je ne comprenais rien. Il est mort quelques mois plus tard et j'ai cru que c'était sa maladie du cœur, le secret qui l'empêchait de m'épouser. Puis j'ai appris d'autres choses, ses liens et ses trafics avec le* gouvernement sud-africain notamment. Il ne pouvait pas être mon époux, en effet.

Les hommes... Les hommes ne m'ont rien valu. Et pourtant je ne sais pas être heureuse sans homme. Je leur abandonne si facilement les rênes... comme si je voulais être déchargée de la responsabilité d'être moi.

Je ne me suis jamais occupée de mes affaires, je n'ai jamais eu aucune idée de ma fortune. Dirty Harry ne gérait pas seulement ma carrière et mes revenus. À la maison aussi, toute l'intendance devait passer par lui, et les salaires de la bonne, de la nourrice, du jardinier. Je n'avais pas de chéquier. Je ne possédais même pas de compte à mon nom : je devais demander mon argent de poche à mon mari, comme une gamine quémande une pièce pour s'acheter une glace. Je n'ai jamais pu habiller ma fille, c'est son père qui faisait les boutiques avec elle, qui l'emmenait chez le coiffeur, au cinéma ou aux matinées des comédies musicales sur Broadway. Comment pourrait-elle m'aimer ? Par quel miracle ?

*Troisième partie*

# LE CHÂTEAU SOLITUDE

*« The diagnosis was bipolar. Maniac depression. Being high and suddenly down? I never got the high thing. I really just got the very, very low thing, the suicidal thing. Being a well-known person was an obstacle, the doctors said. Because they could not look at me like a normal person. »*

Sinéad O'Connor
entendue à la télévision américaine

*L'argent*

Le lendemain, au réveil, Nina tend à Ricardo un grand sac blanc à l'enseigne rouge «Old England».

Ceci, deux jours plus tôt : elle le traîne dans ce magasin près du Grand Hôtel et de l'Olympia pour l'habiller de neuf. Intimidé par le luxe feutré des lieux, bredouillant et rougissant, Ricardo refuse de passer les chemises et les vestes dans lesquelles Nina l'imagine. Il en est presque impoli dans sa façon de se braquer et de répéter non, non, non. Le vendeur le toise d'un drôle d'air et Ricardo comprend ce que pense le vendeur à cheveux rouges de la relation qui l'unit à la vieille chanteuse — la nausée lui barbouille le cœur. Miss Simone s'éloigne au bras de ce vendeur étrange qui porte au poignet une boule de velours rouge assortie à ses cheveux, où sont fichées des épingles par dizaines. Ricardo erre alors dans les allées aux grands comptoirs de bois. C'est plus fort que lui : ses yeux convertissent les prix des étiquettes en pesos philippins ou en dollars.

Il y a cette autre scène gênante, au rayon chaussures. Nina lui tend une paire de mocassins en agneau où son pied glisse comme dans une pantoufle, mais voici que, au lieu de faire quelques pas dans la boutique comme le lui recommande la vendeuse pour en apprécier le confort, il reste vissé à son siège à se demander ce qu'une seule de ces chaussures pourrait bien acheter à Salcedo, son quartier natal. «T'es pas marrant, proteste Nina. Si j'avais su, j'aurais pris Teardrop avec moi. Il est con, mais il sait s'amuser au moins. Tiens, va me chercher une cartouche au tabac en face.»

Nina ressort quelques minutes plus tard, le grand sac blanc à la main, expliquant : «J'ai fait un tour au rayon femmes.»

Il ouvre les trois paquets du sac. Sans surprise, il y trouve la paire de mocassins gris en agneau, la chemise en soie sauvage noire et le polo à manches courtes que Nina tenait tant à lui faire essayer. Il sourit, baisse les yeux, murmure un merci étranglé. Nina, pas dupe : «Tu comptes l'argent, hein ? Tu crois que je ne te connais pas ? Je te connais par cœur. Tu penses à cet argent dépensé avant-hier. Follement, penses-tu, quand tu te dis que pour le prix de notre escapade tu aurais pu acheter une maison dans ton quartier.

— Pas une maison, Nina, mais le quartier entier. Avec de la nourriture pour toutes les familles pendant un an.

— N'exagère pas. Dans la distribution des

rôles, c'est moi qui exagère, pas toi. J'ai vu un bouton mal cousu à ton polo. C'est bien la peine d'aller dans les grandes maisons. Il faut le recoudre ou tu vas le perdre. J'appelle Wendy.»

Wendy ne répond pas, ni dans l'escalier ni dans son petit atelier du rez-de-chaussée — un cagibi sans fenêtres où tiennent tout juste un portant et un bureau d'écolier avec la machine à coudre.

«Où est passée cette gourde? Mais où sont-ils tous à la fin?»

Wendy la Souris aussi s'est envolée, à croire que les ouvriers l'ont enroulée par mégarde dans la moquette noire et emportée à la décharge de Marignane. Ricardo monte à sa chambre : le lit est nu, les placards sont vides, tout comme les étagères de la salle d'eau. Place nette. Elle n'a pas laissé un mot.

*

Teardrop et Kid reviendront en fin de matinée, chacun de son côté mais avec le même alibi : Nina avait promis d'appeler pour dire quand elle rentrait. Devant son silence, ils ont pensé qu'elle avait prolongé son séjour à Paris. Trop fatiguée pour se perdre en colère, Nina renonce aux insultes qu'elle réservait à chacun et fait semblant de croire à ce mensonge. Et Wendy? Kid Harry l'a vue partir : «Elle a déclaré qu'elle rentrait auprès des siens, dans sa banlieue londonienne. J'y crois à moitié. Un type immatriculé dans le département l'attendait et l'a aidée à charger ses bagages dans le coffre.»

Nina : «Je le savais. Je savais qu'il y avait un mec dans l'histoire.»

Kid : «De toute façon, on n'avait plus vraiment les moyens de lui payer son salaire.»

*

Le premier avocat avait espéré une relaxe en plaidant le désordre mental et l'altération du discernement au moment de la commission du délit, «*une démence aggravée par la solitude*». Zoé Pellegrini avait repris l'idée de grande solitude mais radicalement changé la ligne de défense en parlant de persécution raciste de la part du voisinage : les adultes qui refusaient de saluer Nina Simone quand ils ne l'injuriaient pas sur la place publique, le harcèlement des enfants qui en la croisant mimaient quelque gorille ou chimpanzé, quand ils ne lui adressaient des gestes et des propos obscènes comme l'adolescent sur qui elle avait fini par tirer. Le même tribunal qui n'avait pas cru à l'excuse de la démence n'eut aucune peine à adhérer à celle du racisme et se fit clément.

«Oui, c'est une victoire, mais vous n'êtes pas blanchie, Nina. Dispensée de peine, vous restez condamnée et sous contrôle judiciaire. Je suis désolée. Plus d'arme sur vous ni chez vous, sinon c'est la prison.

— Plus d'arme. J'ai compris. De toute façon, mon pistolet d'alarme a été confisqué.»

Cela fera cinq heures maintenant que les deux femmes restent enfermées dans la chambre. C'est bien long pour rendre compte d'une affaire réglée. Le Kid tourne en rond, regard bas, inquiet. Ce qui se trame dans la chambre close, il le devine assez et les premiers mots qui fusent lorsque la porte s'entrebâille lui donnent confirmation de ses craintes : «Apporte-moi les papiers en cours et les relevés de comptes. Tous les comptes, aux États-Unis et ici. Zoé va reprendre la gestion de mes affaires.

— Mais… Nina! J'en ai pour des heures, sinon des jours.

— Qui a dit qu'il les fallait dans la minute? Je les veux ce soir, demain matin au plus tard afin que nous puissions travailler, maître Pellegrini et moi.»

Après le départ de l'avocate, un silence épais s'est insinué dans toutes les pièces, gagnant jusqu'à la cuisine, jusqu'au moindre recoin de cette villa si sonore les jours ordinaires, où Mireille parle trop fort, où les gens gueulent à plusieurs sur leurs cellulaires, où la musique de Nina est poussée à fond. Un silence comme une menace que souligne en contrepoint le chœur strident des cigales. Cigales si laides, invisible fanfare dans l'air ondoyant.

Elle : «Il fait quoi, Kid Harry? Il bosse dans le bureau?»

Ricardo : «Il est au téléphone, sur deux lignes en même temps.»

Nina rit, contente d'elle : «Si j'avais une main à couper, je te foutrais ma main que d'ici à ce soir nous aurons une visite imprévue. Voire deux visites.»

Elle rit encore, glousse plutôt, fillette facétieuse.

«Mireille demande ce que vous voudrez pour le dîner.

— Celle-là aussi commence à me courir. Dis-lui que j'en ai marre de ses courgettes pleines d'huile et de son riz en bouillie, marre du mouton, marre de la charcuterie. Elle va me transformer en éléphant si je laisse faire. Je veux du bœuf grillé, je veux du poisson grillé. Et des légumes crus. Ne fais pas ta mine ingénue, tu connais assez de français pour lui expliquer ça.»

La déconvenue subie dans les salons d'essayage des maisons de couture, Nina n'est pas près de l'oublier. Tous ces fourreaux dans lesquels elle n'entrait plus. Et la robe verte à paillettes dont il avait fallu repousser les coutures aux hanches et à la taille afin qu'elle puisse s'asseoir au piano sans que ça n'explose tel un miroir en mille miettes.

Harry la Finance fut le premier à garer sa Mercedes devant le perron. Il arrivait de Londres, en route vers Monaco pour quelques semaines de vacances. Il s'arrêtait comme ça... en passant... pour faire signe. Nina souriait poliment. Elle était coiffée d'un foulard africain artistement noué en turban. Elle portait son boubou préféré, vert émeraude et noir, au bas duquel dépassaient deux babouches dorées. Sur ses paupières elle avait passé un fard, doré lui aussi. Shalom regardait sa maîtresse avec une sorte de fierté éblouie qui illuminait ses yeux voilés de chien vieillissant.

Une heure plus tard, soufflant comme un damné, Harry l'Ancien s'extirpait péniblement de l'arrière d'un taxi. Il avait pris le premier avion à Zurich. La victoire de Nina semblait acquise et totale, mais l'Ancien n'était pas homme à finasser et, tout en s'épongeant le front avec la pochette de son veston, il attaqua le premier. Les trois Harry entraînèrent Nina dans le salon, qui fit signe à Ricardo de refermer la double porte. Il y eut des hurlements. Aux menaces et aux cris furieux de Nina répondait, imperturbable, la voix posée et ferme de celui qui avait une certaine expérience de son interlocutrice et méritait son surnom d'Ancien. Des objets furent renversés, d'autres fusèrent à travers la pièce, tel ce gros cendrier de cristal que Ricardo retrouverait le lendemain matin, explosé au bas d'un mur. Mais il était tard déjà, Mr. Bobby allait l'attendre et Ricardo ôta ses gants de caoutchouc roses, changea ses savates en plastique pour une paire de tennis, attrapa son casque sur le vestiaire de l'entrée et s'en fut sur son scooter embaucher son second travail. Avec un peu de chance, Mr. Bobby aurait trop bu et s'écroulerait vers minuit. Mais Ricardo n'avait jamais eu beaucoup de chance, et il arrivait souvent que, ayant trop bu, Mr. Bobby soit incapable de trouver le sommeil. Ça, c'étaient les nuits tunnels — des nuits d'ivrognerie, de larmes abondantes et de gestes déplacés, à vouloir s'emparer d'une bouteille et assommer le vieux avec. Pour dormir, ne serait-ce qu'une heure ou deux.

*

Le lendemain, dans le salon sens dessus dessous, l'air confiné lui saute à la gorge, encore chargé d'électricité, vicié par la cendre froide des cigares et les fonds d'alcool dans les verres. *Merci pour le larbin*, gronde Ricardo entre ses dents et il ouvre grand les baies vitrées. Même dehors, l'air est à l'orage, lourd et poisseux. C'est si loin, l'océan Pacifique. Il serre les poings, Ricardo, serre plus fort les mâchoires, chasse la buée dans ses yeux.

L'avocate arrive à onze heures, Nina dort ou fait semblant. Il lui monte un thé au citron. Elle est assise dans son lit, calée droite sur ses oreillers. Elle allume une Dunhill, envoie dinguer le paquet vide à l'autre bout de la chambre. Ricardo le ramasse, ramasse aussi le boubou pour le ranger dans la penderie. Plusieurs taches de sang maculent le boubou préféré. Ricardo frémit, ne montre rien, ne dit rien, met la robe émeraude dans la corbeille à linge. «J'ouvre, Nina? — Fais donc», lui répond une voix sépulcrale.

Le volet levé, un jour gris glisse dans la pièce. La triomphante d'hier a laissé place à une femme anéantie, épaules basses, bouche tombante, la face ravagée de fatigue où le mascara et le khôl ont dégouliné, où le fard doré s'est répandu, dilué par la sueur ou les larmes, les deux à la fois, peut-être.

«Zoé est là?

— Depuis une heure, oui.

— Fais-la monter, bonhomme.»

Le Kid fait son entrée dans la cuisine, roulant des hanches et sifflotant. «Salut Ricardo! Belle journée, pas vrai?» Ricardo ne répond pas. L'autre ouvre le frigo et proteste : «Dis donc, m'est avis qu'on est en panne de bière.» Toujours sans un mot ni un regard, Ricardo quitte la pièce d'un pas indolent, faisant claquer ses savates sur le carrelage.

Zoé Pellegrini se tient debout dans un coin du grand hall, près de la porte, l'air emprunté et perdu comme quelqu'un qui ne sait jamais quoi faire de son corps. «Je vous guettais Ricardo. Là-haut, ça ne va pas fort. Après être sortie de la chambre, je suis restée un peu sur le palier; j'ai tendu l'oreille et il m'a semblé l'entendre pleurer. Occupez-vous bien d'elle, Ricardo. Voici mon téléphone privé. Vous pouvez appeler jour et nuit.

— Elle ne vous a pas engagée, alors?

— C'est plus compliqué. Elle s'est mise dans un sacré pétrin. *[Elle baisse la voix :]* Ils lui ont fait signer des papiers qui leur donnent tous pouvoirs. Plus un sou vaillant qui soit à elle. Elle est leur chose, pieds et poings liés. Moi, je ne suis pas de taille à lutter avec ces sales types. Ils sont aussi malins que malhonnêtes. Bien sûr, je pourrais attaquer en justice pour abus de confiance ou autre chose, les lois ne manquent pas...

— Mais?

— Mais je les crois aussi dangereux. Ils me glacent le sang, tous les trois, chacun dans son genre. J'ai une famille à protéger. Vous savez, Ricardo, on est servis, ici, pour ce qui est de la pègre et de toutes les mafias. Je reçois assez de menaces comme ça, sans aller en chercher d'autres d'un milieu que je ne connais pas. Faites attention à vous, aussi. Je suis sérieuse.»

Elle hésite, danse d'un pied sur l'autre (toujours ce corps qui l'embarrasse), puis se décide à déposer un baiser sur la joue du domestique. Ricardo rougit et promet d'appeler chaque semaine.

Pour mincir plus vite, Nina a décidé de ne plus avaler que du thé en version chaude ou glacée. Ça marche une demi-journée où elle est exécrable, si brutale que Ricardo reste en retrait, n'approchant pas au-delà d'une certaine distance de sécurité — la portée d'un cendrier, d'un vase, d'un presse-papiers, les projectiles ne manquant pas dans la maison en perpétuel désordre — et Nina possède un très bon lancer.

«Maintenant ça va. La plaisanterie a assez duré. J'en ai marre.»

Les cartons d'archives éventrés, des milliers de papiers s'en déversent et jonchent le sol de la chambre.

«À quoi bon un régime? Je ne veux pas crever

sur scène. Sois gentil, mon chat, apporte-moi du Baileys et du pop-corn. Tu sais faire le pop-corn ? Oui ? Tu es un homme en or. »

. . . . . . . . . . . . . . . . . .

*Même jeune, même en plein succès, j'étais fatiguée. C'est difficile à expliquer, ce sentiment d'être usée à vingt ans.*

*C'est peut-être d'avoir travaillé toute mon enfance comme une bête de somme. Après l'école, chaque soir, le piano ; et chaque week-end enfermée à l'église, clouée au tabouret de l'orgue. Et puis, comme si ça ne suffisait pas, m'occuper de ce père malade, alité et dépressif, le panser, le nourrir, l'écouter me dire des choses sombres qui n'étaient pas de mon âge. Jamais on ne m'a laissé une minute pour jouer, pour flâ-ner, pour faire des bêtises. L'enfant prodige de la ville en était le plus jeune prisonnier. Oui, ils m'ont usée comme gamine, ils m'ont privée de l'insouciance et de la joie et du chagrin. À dix ans, j'avais sur les épaules les responsabilités d'un adulte aguerri. L'obligation de réussir, les récitals que je devais donner régulièrement pour mes bienfaiteurs. Les autres enfants me fuyaient comme un monstre. Comment ne les aurais-je pas effrayés, moi qui vivais penchée obstinément sur un clavier avec pour toute compagnie les fantômes de musiciens blancs vieux de plusieurs siècles ? J'étais l'enfant la plus seule du pays, me disais-je avec com-plaisance, jusqu'au jour où Edney m'a regardée.*

## La scène primitive

Je m'appelle Eunice Kathleen Waymon, j'habite Tryon, une petite ville de Caroline du Nord, et je suis pianiste.

Je marche vite : c'est un beau jour qui s'annonce. J'ai seulement onze ans et dans une heure je joue, je donne mon premier récital à l'hôtel de ville de Tryon, devant un public de notables, des gens de la bonne société qui ne sont pas là pour la religion, ni les prônes ni les transes, un public venu écouter la belle musique de Bach, de Mozart et de Liszt.

Je marche en bloquant la nuque, en tirant les épaules vers l'arrière, pour garder la belle allure, le maintien altier des femmes bien tel qu'on m'a dit que nous devions l'avoir.

Ma belle robe amidonnée, c'est Lucille qui l'a cousue nuit après nuit. Ma sœur aînée est un as de l'élégance.

En passant devant l'ancienne menuiserie Falkner, mon cœur s'emballe. Je jette un œil au jardin, je ralentis le pas au cas où il sortirait de la maison, comme toujours à moitié nu dans sa liquette légère. Lui, c'est le fils Whiteside, une famille cherokee, nouvelle en ville, qui loue pour trois fois rien la menuiserie désaffectée. Une ombre a bougé derrière les rideaux du premier étage. Je baisse les yeux et ralentis encore, afin qu'il puisse m'épier tout son soûl, découvrir combien je suis élégante...

Les rues de Tryon sont vides et fraîches encore. J'ai trois bonnes heures de répétition devant moi puis nous irons déjeuner, Miz Mazzy et moi, chez Mrs. Miller qui veut me présenter à d'autres dames chic qui vont créer une bourse pour me permettre de suivre des études supérieures de musique. Le Fonds de soutien Eunice Waymon, ça s'appelle. Rien que ça. Père et mère ont beau me rappeler les règles avec insistance : « Ne te mets pas en avant, ne prends pas la grosse tête, contente-toi de remercier le Seigneur », je vois bien au-dehors que je suis quelqu'un ; des inconnus blancs viennent à ma rencontre et me tapotent la tête gentiment, et je sens aussi que les gens de ma communauté sont fiers que ce soit une fillette noire qui concentre sur elle les regards et obtienne les faveurs du journal. Dehors, je sais bien qu'on m'appelle l'enfant prodige de Tryon. Je sais que beaucoup de fierté et d'argent noirs ont été investis en moi, et un beau paquet d'argent blanc aussi. Peu importe ce que disent à la maison mes parents et mes aînés les jumeaux, j'ai compris que je n'étais pas comme tout le monde, que je n'étais déjà plus comme eux.

Ma robe d'organdi blanc ivoire est à smocks et je l'aime bien, mais maintenant que ma poitrine pousse ça fait un peu con, les smocks, un peu niais et ça comprime tout.

Je poursuis, j'accélère sur mes vernis qui me détruisent un orteil après l'autre. Pour la première fois de ma jeune existence, je vais me produire sur scène devant un vrai public et je ne veux, je ne peux décevoir personne, ni mes parents ni mes bienfaitrices.

La salle des fêtes est comble. Sur l'estrade improvisée, je découvre un demi-queue Wurlitzer qui n'aura pas la qualité du Lesage sur lequel je travaille chaque jour chez Miz Mazzy. La chose me contrarie tant que j'en oublie l'enjeu de cette première apparition publique, j'oublie d'avoir le trac et, si mes genoux flageolent un peu, c'est à l'idée de m'asseoir devant le crincrin. Je ne regarde pas la foule, je ne la vois simplement pas. Au premier rang de l'assistance, bien en face du vilain piano, il y a mes parents endimanchés comme pour un mariage ; Mère la Révérende a pris son air de sphinx, Daddy Divine martyrise les bords de son chapeau au point d'en briser la paille. J'installe les partitions de Bach sur le pupitre du piano — ça ne sert à rien, je sais tout de mémoire, mais Miz Mazzy tient à cette mise en scène, elle dit que ça fait plus sérieux, ça prouve qu'on lit son solfège.

Le silence s'est fait, impressionnant, lourd. Le nœud de taffetas à ma taille est trop serré soudain, il me coupe le souffle. Mes jambes s'engourdissent sur le tabouret. C'est alors qu'une voix suraiguë retentit à mes pieds. Une femme parle brutalement à mon père. Une dame en tailleur blanc et grande capeline rose, flanquée d'un homme rougeaud lui aussi vêtu d'écru. Un couple de Blancs que je n'ai encore jamais vu en ville. La dame aigrelette criaille : « Laissez-nous la place. Vous n'avez rien à faire au premier rang. Pour qui vous prenez-vous ? Il y a des chaises libres au fond. » Daddy Divine essaie de dire quelque chose, mais Momma lui fait signe de se taire, déjà elle se lève en réajustant le jabot de son corsage. Mon père s'apprête à la suivre et c'est moi qui me lève alors, d'un bond je suis au-devant de la petite scène : « Reste assis, papa. Mère, reprenez votre place. » Ma voix tremble mais je ne fléchis pas. Sans un regard pour le couple inconnu, je m'adresse à la salle, j'embrasse dans mon regard tous les visages blancs de la salle et je dis : « Si vous déplacez mes parents, je refuse de jouer. » Un murmure s'élève dans le silence, une rumeur bientôt, hostile et ricanante. Le maire surgit sur l'estrade et de ses mains en éventail impose le retour au calme. « Notre petit prodige a son caractère, c'est bien normal. C'est son jour. » Se tournant vers moi, me pinçant la joue : Aujourd'hui, tes désirs sont des ordres, même si ce sont de très vilains caprices. Pourvu que tu joues joliment, fillette. »

Je ne sais où est passé le couple blanc. J'imagine qu'ils sont sortis furibards. Ne pouvant même pas se plaindre à la police, puisque le chef de la police et ses deux *mar-shals* étaient à mon concert. De toute façon, elle comme lui n'avaient pas des têtes à apprécier Bach, ni Mozart ni Liszt.

J'ai mis mes parents dans un grand embarras. On pouvait entendre certains Blancs se moquer. Oui, je leur ai causé beaucoup de gêne. À leurs mines grises, je voyais bien que Momma et Divine n'écoutaient pas ma musique, ruminant sans doute ce qu'allait leur coûter dans le monde mon esclandre. Mon père, surtout, qui était si fier que les riches personnes le saluent et l'arrêtent dans la rue pour le féliciter. À la sortie de ce récital, on n'eut plus un regard pour lui. On lui tournait le dos ostensiblement… Comprends-moi bien : je n'avais pas conscience de faire scandale. Je n'avais pas conscience de la discrimination raciale, je ne l'avais pas mise en mots.

Bien sûr, comme toutes les villes du Sud, Tryon était une ville ségréguée, mais il n'y avait pas de quartier noir a priori, encore moins de ghetto. La ville s'était bâtie en une succession de cercles concentriques : certains anneaux étaient habités par les Blancs, d'autres par les Noirs, et l'on passait des uns aux autres sans forcément s'en apercevoir. Ça jouait sans arrêt au football, les équipes des écoles blanches affrontaient celles des écoles noires dans la bonne humeur. Pareil pour le base-ball.

Ça n'était pas l'Alabama, non. Ni lynchages ni Klan. Pasteurs blancs et noirs s'entretenaient chaque jour, et leurs fidèles allaient un dimanche à l'église noire, l'autre dimanche à l'église blanche.

C'est comme ça que Mrs. Miller, la grande dame riche, m'a découverte un dimanche matin dans la chapelle méthodiste où, du haut de mes cinq ans, j'accompagnais les prônes de ma mère à l'orgue. Elle s'est toquée de moi. Elle est allée trouver ma mère et lui a dit que, avec mes dons, ce serait une offense à Dieu si l'on ne m'offrait pas des cours particuliers. La révérende a dû avouer qu'elle n'en avait pas les moyens — et, du tac au tac, Mrs. Miller proposa de me payer une année de cours de piano. Après quoi, si j'avais rempli ma promesse, elle trouverait un moyen de poursuivre. Et elle nous conduisit chez Miz Mazzy, une Anglaise mariée à un peintre russe. Ils habitaient à l'écart de la ville une maison dans les bois. C'était si beau, chez eux, que j'ai cru m'évanouir d'émotion. Le rez-de-chaussée était une seule immense pièce. À l'extrémité nord, on avait creusé dans le toit un puits de lumière et c'est là que son époux peignait, à la faveur des diverses lumières qui se déversaient, dans un atelier dressé de chevalets, envahi de toiles et de croquis. À l'autre extrémité de la pièce était la partie musique, le domaine de Miz Mazzy avec ses deux pianos, un piano de concert et un piano droit. Une volée de marches menait discrètement à une galerie, au premier étage, où étaient leur chambre et un autre atelier pour son mari : de larges baies vitrées ouvraient sur les montagnes environnantes, qu'il aimait peindre.

Miz Mazzy avait tant de grâce dans chacun de ses gestes. Toute petite et frêle, avec ses cheveux argent en chignon, elle était sans âge et jolie, et adorable. J'aurais tant voulu prendre son délicat accent anglais. La maison était toujours emplie de fleurs dont le parfum se mêlait à l'odeur de la peinture et de l'huile de lin. Le soir, à la fin des leçons, quand la lumière du couchant tombait du toit, marcher dans cette maison était comme avancer dans une brume dorée aux senteurs étranges, étourdissantes. J'ai connu bien des lieux dans ma vie — sous toutes les latitudes et sur quatre continents, des lieux réputés magnifiques. Nul endroit au monde n'approche en beauté cette maison en forêt où j'ai reçu autant d'amour et de chaleur que d'enseignement.

Tu vois combien il était facile pour une enfant comme moi d'ignorer qu'elle était noire. Ce dimanche-là, à l'hôtel de ville, j'ai protesté parce que la place de mes parents était au premier rang. Je ne sais pas où j'ai puisé en moi ce toupet (« cette arrogance », grondait la foule blanche) — mais je crois que n'importe quel môme aurait voulu ses parents à la place d'honneur, tout près de lui. Sans songer à la couleur. Sans chercher le scandale. Et je ne me suis pas opposée à ce couple parce qu'il était blanc. Je n'ai même pas compris leur ordre cinglant. C'étaient juste des riches mal élevés. Oui, le monde était réparti pour moi en riches et en pauvres. Il se trouvait que les riches étaient toujours blancs, et que les Noirs étaient toujours pauvres ou dans la gêne.

Le mot race ne se prononçait pas à la maison,

pas plus que le mot Afrique, pas plus les mots *nigger*, négro.

Les Blancs étaient bons avec moi. C'est grâce à eux que j'avais un petit piano d'étude, grâce à eux que j'apprenais. Et c'est grâce à eux, aux fonds levés par Mrs. Miller et Miz Mazzy auprès de leurs amies, que j'allais partir avec une bourse d'études au lycée Allen High d'Asheville... La politique, c'est venu après.

La conscience m'est tombée dessus des années plus tard, quand les profs de Juilliard m'ont recalée à la porte du Curtis Institute. Et j'étais la seule Noire sur les huit cents élèves qui se présentaient au concours. Et j'étais meilleure que la plupart des concurrents qui ont été reçus. Je le savais. On sait ça, à dix-sept ans, quand on a passé comme moi tous les jours de son enfance sur son instrument. Chaque jour sans relâche ni vacances, jusqu'à sept heures par jour. Tu finis par savoir ce que tu vaux. La vérité, elle est tombée là comme un couperet. C'était si dégradant.

Je n'ai pas souvenir de la réaction des bonnes gens de Tryon. Je ne sais plus s'ils ont applaudi, si ce fut un peu ou beaucoup. Je me rappelle les mines grises de mes parents guettant en vain sur le parvis une reconnaissance publique qui ne leur serait plus jamais accordée.

Et je me le rappelle, lui.

Lui, m'a récompensée. «Bonjour, Eunice, je m'appelle Edney Whiteside, je suis le fils des nouveaux voisins. » Je ne l'avais pas encore vu d'aussi près. Un peu plus grand que moi, il était à quatorze ans bâti déjà comme un athlète. J'ignorais la finesse de ses traits, j'ignorais que ses grands yeux bruns étaient jaspés de vert. Je ne savais pas que j'aurais envie d'enfouir mes doigts dans ses cheveux de jais, si drus, si brillants ; je ne savais pas ce que *Rouge* signifiait (pas plus que Blanc ou Noir), mais je l'ai compris à sa peau cuivrée étincelante, splendide, comme embrasée par un perpétuel soleil qui se coucherait dans son dos.

« Comment sais-tu mon nom ? » Il rit, il dit : « Ton nom est dans le journal, affiché partout en ville, et j'assistais à ton concert. »

Je sentais les joues me cuire, si timide que je ne trouvai rien à répliquer. « Tu étais là ? » Et lui : « Oui, j'accompagnais mon père, invité comme représentant de la communauté des Natifs. Je voulais te dire bravo. C'était formidable. » Je joue des cils, je minaude : « Alors, comme ça, j'ai bien joué ? » Edney m'avoue qu'il n'en sait rien. Il n'y connaît rien, à cette musique. Il voit ma déception et cherche à corriger : « Mais ça avait l'air bien, ça se sentait que c'était bien. Si je tenais à te féliciter, c'est pour ce que tu as fait au début. Comment tu les as défiés et mouchés, ces Blancs. On devrait tous les traiter pareil. Ils nous ont massacrés, ils nous ont arrachés à nos terres, ils nous ont réduits à néant. Ils veulent les meilleures places parce que, depuis qu'ils sont nés, on leur a enseigné qu'ils les méritaient de droit divin et par le sang versé. Tant qu'on se tait, tant qu'on accepte, pourquoi se gêneraient-ils ?» La tête me tournait. Je l'écoutais à peine, trop occupée à le dévorer des yeux. Du haut de mes onze ans, je savais que j'avais envie de lui. Je ne savais pas où cette attirance devait mener et par quels chemins, je ne connaissais pas mieux le sens exact des mots «faire l'amour», mais assurément c'était là où je voulais en arriver avec lui. Il se taisait, souriant. Son regard embrassait tout de moi, des souliers vernis jusqu'aux fleurs dans mes cheveux. J'ai dit : «Je dois y aller, mes parents doivent être rentrés depuis un moment.» J'ai ajouté : «À bientôt» et, sans prévenir, il a déposé un baiser sur ma joue. J'ai baissé la tête et j'ai filé, pressant le pas. Au coin d'une rue je me suis retournée : il me regardait toujours, a fait signe de la main. J'ai répondu à son signe, puis j'ai couru.

## L'amant cherokee

*Edney ! Edney !...*
Elle appelle encore, terrifiée dans son sommeil.
Le traitement de choc qu'on lui inflige peut nous
valoir des surprises, a prévenu le toubib que personne ne comprend, ni en anglais ni en français.

. . . . . . . . . . . . . . . . . . . . . . . . . . . .

J'ai fait un mauvais rêve où je me noyais, toute
seule.
J'avais cet amant indien. Je t'en ai parlé déjà ?
Oui, forcément, je t'en ai parlé. Il ne quitte plus
mon esprit, il fait le siège du peu de lucidité qui
me reste.
On prenait la route de Saluda dans sa vieille
Chevrolet verte, je m'asseyais tout contre lui et
je posais ma tempe sur son épaule, pas peu fière
d'avoir un amoureux enfin, et quel bel amoureux,
on allait à Pearson's Falls, les chutes de la rivière
Pacolet. Oh ! Ce n'était pas Niagara, ce n'était pas
Iguazú ni Victoria, mais une jolie cascade sous
laquelle on pouvait chahuter et flirter, selon l'hu-

meur. Edney était très bon nageur, moi pas trop. J'avais peur que l'eau ne m'aspire soudain comme un sable mouvant, mais je refusais de le montrer. Il ne faut pas montrer sa peur aux hommes. Je l'avais subodoré dès l'enfance : *Ne montre pas ta faiblesse aux hommes, n'offre aucune prise* — c'est en vain que je m'exhortais. J'ai eu beau planquer mes angoisses et taire mes défaites, les hommes ont toujours fini par prendre le pouvoir sur moi. Parfois, c'est à se demander si ce que nous apprenons de l'existence a un quelconque intérêt. S'il ne vaudrait pas mieux être ignorant comme les bêtes car elles, au moins, savent tout ce qu'elles ont besoin de savoir pour leur survie.

On se baignait dans nos sous-vêtements. J'avais à peine douze ans que je devenais femme sans le savoir, précoce aussi du côté du corps. Mes seins gonflaient sous ma liquette, si durs que, parfois, le simple frottement du linge me faisait mal. Il se passait des choses dedans et dehors. J'ai eu très peur le jour où j'ai saigné entre mes cuisses. Lucille était à la grande ville avec son fiancé, occupée aux préparatifs de leur mariage. Mère la Révérende était repartie sur les routes à colporter la parole divine et la terreur du Jugement dernier tel un voyageur-représentant-placier du commerce de Notre-Seigneur. Père était trop occupé par ses quatre jobs de misère et puis… peut-être aurait-il peur de tout ce sang ? Peut-être lui-même en ignorait-il la source ? Ce n'était pas une affaire d'hommes, je le devinais. Père et les jumeaux mes aînés avaient déjà bien du souci avec ces seins qui poussaient et que les garçons du quartier reluquaient, cachés derrière la haie quand je prenais ma douche dans l'arrière-cour.

Un jour, ou plutôt un soir, une fin d'après-midi, nous étions couchés dans la mousse du rivage, essoufflés et ruisselants de nos plongeons dans la cascade. Pour la première fois on avait osé, on avait tout ôté, lui ses caleçons, moi ma liquette et mon jupon. Se trouver nus et si proches... nos cœurs battaient à tout rompre, l'air et la salive manquaient. Mais on ne le montrait pas. Edney cachait son sexe entre ses cuisses serrées, je croisais mes bras sur ma poitrine naissante et dissimulais mes regards sur cet endroit de son corps qui pourrait devenir le lieu du crime. Les fougères géantes autour de nous avaient cet enivrant parfum de sexe que je n'identifierais que plus tard, dans les bras d'un autre.

Je savais que les enfants se faisaient avec les garçons, mais c'était tout. On m'aurait dit qu'on pouvait attraper un bébé rien qu'en se regardant très fort dans les yeux, je l'aurais cru.

Et c'est pourquoi il ne fallait pas soutenir les regards des garçons attroupés aux carrefours ou qui traînent en grappes dans le parc, aussi je baissais les yeux, je les fermais à demi, faute de pouvoir boucher mes oreilles à leurs sifflements suraigus et leurs claquements de langue indécents.

Je voyais qu'il se passait des choses aussi dans le corps d'Edney, et je devinais encore que ces transformations avaient à voir avec mes seins gonflés et durs.

Le soleil virait à l'orange sur la crête des montagnes, nos peaux nues miroitaient, inondées de jeunesse, et Edney a demandé : «Tu trouves vraiment que je suis rouge?» J'ai ri : «Franchement? Oui, tu es rouge comme le cuivre, rouge comme l'argile, rouge comme le désert. Et moi, tu trouves vraiment que je suis noire?» Lui : «Je dirais que tu es chocolat à croquer.» J'étais si heureuse dans ses bras, j'aurais voulu qu'on me couse à lui, centimètre par centimètre, avec un fil indestructible. Qu'on nous couse ensemble, et que jamais rien ne nous délie.

Quand le sang a fui au creux de mes cuisses, en l'absence de Lucille et de Momma, c'est Miz Mazzy que je suis allée voir, ma mère blanche, ma mère caressante et toujours joyeuse. Elle m'a serrée contre elle, m'a bercée. Tout était normal, je ne devais m'inquiéter de rien. «Tu as *tes chiffons*, mon enfant, comme toutes les fillettes qui sont condamnées à devenir femmes. On va aller de ce pas t'acheter ton sac à chiffons.» Est-ce que j'avais mal? Non, j'avais seulement très peur. On est allées main dans la main au drugstore, et j'en suis ressortie avec dix bandes de tissu éponge *à changer deux fois par jour et à faire bouillir*, avait répété la pharmacienne, forçant la voix comme si j'étais une demeurée. Chez la mercière, Miz Mazzy a acheté un chapelet d'épingles de nourrice puis elle m'a montré comment attacher les serviettes. C'était si humiliant. «C'est ton sac à toi. Ton premier trousseau en quelque sorte. Il te sera nécessaire chaque mois. Aussi il faut y broder tes initiales, ton chiffre, comme disent les dames de la haute société, afin que chacun sache qu'il est à toi et que nul n'a le droit d'y fouiller.»

Broder? Comment aurais-je su broder? Je n'avais jamais exercé mes doigts qu'aux touches blanches et noires d'un clavier. C'est là que toute mon adresse s'était concentrée. Mère la Révérende n'apprenait rien à ses filles, rien de la vie matérielle, et, pour les cours d'arts ménagers que donnaient les dames bénévoles de la paroisse, je n'avais pas eu le temps. Fallait pas pousser quand même : je n'allais pas apprendre le tricot et la pâte à tarte pendant mes heures de sommeil.

(De retour chez nous le dimanche suivant, Lucille allait broder pour moi le *rag bag*

EKW
Le Seigneur est mon berger

avec de grands entrelacs lyriques comme pour effacer la honte de ce sac où elle glissa, bien pliées, les serviettes puis le chapelet d'épingles. Lucille, ma sœur miracle, Lucille, femme jusqu'au bout des ongles et qui savait tout avec son instinct très sûr, qui avait appris à cuisiner toute seule, à coudre toute seule, à défriser ses cheveux toute seule — elle, ma sœur et mon mentor qui m'expliqua un jour : «Il faut que tu comprennes une chose, mon cœur. Mieux vaut posséder une seule robe magnifique que cinq robes médiocres dans lesquelles tu ne seras jamais fière.» J'ai interprété ses leçons à ma façon très personnelle, en achetant les robes magnifiques par cinq. Les couturiers américains et français pourraient remercier ma sœur Lucille, ils devraient lui élever une statue sur la Cinquième, une autre sur l'avenue Montaigne.)

Le lendemain de mes emplettes au drugstore, Mrs. Miller annonça à Momma que j'étais désormais *trop grande* pour jouer avec son fils. Que nous ne devions plus être laissés seuls dans une même pièce. David était mon meilleur ami garçon. Mon meilleur ami tout court, puisque je n'avais pas d'amies filles. Quand je n'accompagnais pas Momma à ses ménages chez les Miller, c'est David qui venait dans notre jardin jouer avec mes frères et moi. David et moi nous heurtions soudain à une frontière invisible dont nous ne pourrions outrepasser l'interdit tacite sans être durement punis — et pour la résistance, on était trop petits, même si la colère faisait son chemin en nous.

David, je l'ai retrouvé vingt ans plus tard, à NYC, au Village Gate. Il était venu m'écouter sans savoir que Nina Simone était la petite Eunice avec qui il avait rêvé son enfance. Il appartenait à cette poignée d'activistes blancs du Mouvement — et beaucoup de ces gens ont perdu leur vie à ce combat, suspects aux yeux des ultras qui prirent la suite de Martin Luther King, et bien sûr haïs des Blancs leurs consanguins.

. . . . . . . . . . . . . . . . . . . . . . . . . . . . . . .

Ricardo éponge le front de Nina. «Je vois l'heure. Il faut que vous preniez vos cachets avec votre potion, et il faut que vous mangiez. Vous n'avez rien avalé depuis trente-six heures. Rien de solide, je veux dire.»

Elle, retenant les larmes qui perlent à ses paupières : «Mrs. Miller a décrété et Momma n'a pas moufté. Elle a dégluti sa salive et sa fierté pour admettre que, oui, nous avions passé l'âge d'une promiscuité puérile. Moi, j'entendais que c'était ma faute, la faute à ce sang maudit entre mes cuisses qui changeait tout et allait me priver de David. Dans le dialogue glacial et convenu entre ces deux mères, tout se passait comme si la couleur n'était pas la question. Pas même un enjeu. On est rentrées à pied ce soir-là, dans un silence hostile. Momma a tu ce que toute mère aurait dit : que je n'étais coupable de rien, que notre seule faute était d'être noires et que, chez la bourgeoise blanche aux élans progressistes, s'était ranimée la vieille hantise des sang-mêlé, de la goutte de sang noir dans des artères blanches, goutte unique qui jamais ne se dilue ni ne s'efface tout à fait.

«Toute mère aurait pris sa fille dans ses bras et lui aurait dit à cet instant qu'elle était belle, qu'elle faisait sa fierté jour après jour, même si c'était pas vrai. Mère la Révérende, non. Mère avait tant de missions en cet Ici-bas, elle avait tant d'ouailles à instruire et tant d'orgueil d'avoir été élue pour ce grand rôle pastoral qui la propulsait de paroisses en rassemblements œcuméniques sur toutes les routes du pays. J'ai toujours rêvé d'une vengeance : rappeler à ma mère que l'orgueil, péché capital, la faisait grande pécheresse. Mais j'avais trop peur d'elle et je sentais que la seule chose qu'elle m'avait léguée pour de bon était cet orgueil excessif, précisément.»

Ricardo sourit dans la pénombre, on ne voit que l'ivoire neuf de ses dents et le blanc de ses yeux. «Et moi, Nina, vous trouvez que je suis jaune?

— Jaune, oui, quand tu fais la gueule. Nous, on avait tellement de sang mêlé qu'un mariage avec un Indien cherokee ne posait pas problème. Lorsque je chantais pour le Mouvement, Momma m'avait dit très doctement : "Nous avons été croisés tant de fois et de tant de manières que la race ne signifie rien pour nous. J'avais une grand-mère indienne venue des Rocheuses. Nous sommes les enfants de Dieu, à la façon dont Dieu nous a façonnés." Je l'ai appris tard, adulte, bien après qu'Edney m'eut quittée. Et je me suis dit alors que mon attirance pour lui avait des raisons ataviques.

— Ataviques?

— C'était dans mon sang, dans mon héritage, ce désir du jeune Indien.»

## Le manque d'amour

« Quand je vois ce que c'est, l'amour, les conneries que ça fait faire, je me dis que la sagesse aurait été de renoncer vite.

— Sauf votre respect, Nina, je ne vous imagine pas en nonne. Et puis, qu'auriez-vous chanté ? Alléluia ? Des *Christmas Carols* ?

— Je ne parle pas de se faire chaste ou bigote, non. Avoir une vie sexuelle, oui, mais que l'amant de la nuit redevienne au matin un ami et rien d'autre. Arriver à cette paix, j'en rêvais, mais les hommes n'y sont pas préparés. L'idéal, tu vois, serait que les hommes soient hétéros à l'heure où ils te rejoignent dans ton lit et homos le reste du temps. Ce serait bien plus simple. Le bon Dieu défaillant n'a pas été foutu de les créer parfaits.

— L'autre jour, vous disiez que les homosexuels sont les ennemis de Dieu.

— Je dis n'importe quoi certains jours. Tu n'as pas remarqué ? Mon ami Baldwin était pédé comme un fagot et nous coulions des jours parfaits ensemble. Jimmy... Jimmy Baldwin ! Tu me manques, espèce de fiotte lâcheuse. Il y a eu Edney, mon beau Cherokee, lui que j'ai tant déçu en ne voulant pas être juste une femme au foyer, et il y a eu Jimmy, mon grand écrivain. Tout le monde m'a quittée et les autres sont morts. Dans mon cœur il n'y a plus personne.

— Il y a votre fille.

— Je parle de mon cœur de femme. Dedans, il n'y a plus personne. Attends, ne file pas tout de suite. Il faut que je te demande quelque chose. J'ai dit une chose l'autre jour, à l'hôtel… à cette petite journaliste qui portait un affreux parfum, tu te souviens?… qui était trop curieuse de choses intimes. *[Elle détourne le regard :]* J'ai perdu quatre bébés dans ma vie, et c'est une croix à porter qu'on n'imagine pas. Normalement, quand on me pose la question des enfants, je dis la vérité, que j'en ai perdu quatre sur cinq. Qu'il me reste une fille désormais adulte, qui débute dans le métier à son tour… Là, je ne sais pas ce qui m'a pris, j'ai déclaré que j'avais perdu cinq enfants sur cinq. Sur le coup, ça m'a paru vrai… Dix ans que je ne l'ai pas vue… Je n'ai pu garder que cette fille mais, d'une certaine façon, je l'ai perdue elle aussi… Et le lendemain, au réveil, je me suis souvenu de mes paroles, je m'entendais encore les dire. J'ai supplié Kid Harry de rattraper ma gaffe auprès de la journaliste, de la menacer si elle ne corrigeait pas mes propos. C'est quand même pas le bout du monde de changer rien qu'un mot dans un papier. Kid a appelé dans la minute pour dire que c'était trop tard : l'interview venait de paraître le matin même.

— Ne vous mettez pas martel en tête, Nina, m'est avis que votre fille n'a aucune chance de tomber sur ce journal.

— Cette fois, non, peut-être. Mais une autre fois ? Imagine que j'aie parlé à un micro américain ? Voici ce que je te demande, mon chat, et c'est un ordre : désormais, quand je suis en interview, je dois rester à l'eau. Même si je crie, même si je t'agonis d'injures, ne me sers pas d'alcool. Tu es prêt à ça ?»

Ricardo a reculé d'un mètre ou deux. Il rougit, secoue la tête sans trouver d'issue à ce piège sphingéen.

Enfin, il murmure : «Vous savez bien que je vous obéis toujours et en tout. Mais à qui devrai-je obéir quand la question se posera ? Au Dr. Nina qui me parle aujourd'hui avec sagesse, ou à Miss Simone qui me criera dessus et qui aura l'air de beaucoup souffrir ?»

*

«J'ai besoin de toi, ce matin, magne-toi un peu.»

Elle est très tendue, l'exaltation lui tord la bouche et ses yeux fiévreux disent qu'elle n'a pas dormi, ne s'est peut-être même pas couchée.

«Va chercher des clous et des punaises. Un marteau aussi, je ne suis pas sûre qu'il reste un marteau dans la maison.» Elle rit fort : «Ils ont tellement peur de moi, les Harry, des fois que je leur ouvrirais le crâne pour lire dans leur cerveau où ils ont planqué tout mon argent.» Elle rit de plus belle.

Une large photo en noir et blanc réunit autour d'un piano Nina, vêtue d'un tailleur gris austère, une jolie fillette au regard triste, qui boude un peu, qui s'assoupit aussi, et un jeune homme assez beau, à larges lunettes noires.

« C'est qui ?

— L'ange, là, c'est ma fille. Et lui, le beau gosse, c'est mon petit frère, mon frère préféré.

— Samuel ? Le musicien ?

— Oui. Celui qui m'accompagnait, aux deux sens du terme. Qui prenait soin de moi quand j'allais mal, quand l'angoisse m'assaillait sur les routes, dans les hôtels — quand j'étais si seule que j'avais besoin d'un dernier reste de famille vers qui me tourner.

— Qu'elle est jolie, votre fille.

— Jolie ? Magnifique, oui ! Regarde ses grands yeux songeurs, sa bouche parfaitement dessinée. Elle est très claire de peau, comme ma mère, et j'en suis heureuse car c'est une chance en ce monde de n'être pas trop foncée, pas comme moi. »

Ses yeux s'échappent au loin. « Enfin... je dis ça... Est-ce bien certain ? Je me souviens d'un de nos voisins qui se trouvait être coiffeur-barbier, lui aussi, sans pour autant faire de l'ombre à mon père. Leurs clientèles étaient bien distinctes ; mon père ne coiffait que des Noirs, et lui c'étaient les Blancs. Il était si pâle, avec un nez si fin, des yeux gris-vert, des cheveux ondulant à peine, qu'il pouvait passer pour blanc, et d'ailleurs, aussi longtemps qu'il tenait les ciseaux et le rasoir en main, ses clients le traitaient comme l'un des leurs. Dès qu'il fermait boutique pour rentrer chez lui à pied, ses clients ne le reconnaissaient plus. En dehors des heures de travail, il redevenait un homme noir.»

## La femme folle à Asheville

Un jour, j'en ai eu assez du démon en moi, cette excitation qui montait dans mes veines jusqu'à me couper le souffle, me faire tourner la tête — et c'était toujours trop de noirceur ou trop de liesse, beaucoup plus de violence que je n'en pouvais supporter. On m'avait donné tant de calmants et de somnifères qui n'agissaient plus. J'en avais avalé trop, une nuit, dans un hôtel à Manhattan après qu'un amant m'eut larguée, et ça avait fait la une des journaux dans le pays. La folie rôdait, je la sentais accrochée à mes chevilles, qui reniflait, qui mordillait, qui tâtait le terrain.

De retour à Paris, sur les conseils de Jimmy qui avait été sauvé d'une dépression par lui, je suis allée consulter un psychiatre de l'hôpital Necker. Il avait fait ses études à Chicago et à New York. Il était venu m'écouter au Village Gate avec des copains carabins. Un moment inoubliable, il disait.

Mais au moment de m'avouer son diagnostic, il hésitait, le toubib, n'en menait pas large. J'ai cru qu'il allait briser son stylo à force de le faire rouler entre ses doigts poilus. Je le lui ai fait répéter, pas tant pour être certaine de ce que j'avais entendu que pour le mettre encore plus mal à l'aise. Alors j'ai dit : «Bipolaire? C'est tout? C'est tout ce que vous avez à m'offrir? Mais je veux plus, moi, je vaux mieux que ça. Je suis Nina Simone… Je suis multipolaire.»

Je souhaitais l'impressionner encore, comme vingt ans plus tôt, au temps du Village Gate où j'étais jeune et séduisante. À son regard plissé, j'ai vu que j'étais surtout gravement tarée. Et j'ai ri, de mon rire qui leur fait peur. Je n'ai plus jamais eu affaire à lui : il me refilait à ses internes, les petits dealers de lithium. «Et surtout, mademoiselle Simone, ne buvez pas. Plus une goutte. Le cocktail lithium et alcool vous conduirait directement à l'asile, sinon à la tombe.» *Mademoiselle*. Ces chieurs, ces prétentieux, ces précieux Français.

. . . . . . . . . . . . . . . . . . . . . . . . . . . .

Les trois Parques, Mrs. Miller, Miz Mazzy et Momma, continuaient de filer mon destin : il fallait m'envoyer dans un lycée spécialisé en études artistiques, et on réunit les fonds pour me faire entrer au Allen High d'Asheville, à trois heures de car de la maison.

J'y suis restée interne cinq ans. J'aimais cette vie de pensionnat, les professeurs tous excellents (et blancs, faut-il le souligner), la discipline qui règle les journées sur le travail ; j'y avais des amies et surtout, pour la première fois de mon existence, j'avais une chambre à moi toute seule.

On ne se voyait plus que le dimanche, Edney et moi. Ou bien il venait me retrouver à Asheville dans la Chevy verte toute cabossée — mais une pionne de l'internat avait ordre de nous chaperonner. Ou bien je faisais l'aller et retour en car — et c'étaient nos parents alors qui nous encadraient, nous caveçonnaient. Les Whiteside et les Waymon semblaient s'être faits à l'idée de notre union, même si, je le sentais parfois, Momma et Daddy Divine espéraient un meilleur parti pour moi qu'un futur manœuvre.

C'en était fini des plongeons dans les chutes de la rivière. Cette fausse innocence.

Les années passaient, Edney devenait triste, agressif. J'aurais pu lui dire que ma frustration sexuelle était au moins aussi violente que la sienne, mais une fille de prédicateurs n'a pas cette impudeur. J'étais au lycée, j'envisageais d'aller plus haut encore dans les études et lui n'était qu'un très beau garçon sans instruction.

Des bruits m'étaient arrivés jusqu'à Asheville, qui disaient qu'il sortait avec une fille de notre quartier, Annie Mae. Je l'avais toujours trouvée plus jolie que moi. Quelques semaines plus tard, il rompait avec elle et me revenait, plus épris que jamais, implorant mon pardon. Il n'y avait rien à pardonner. La vague pardonne-t-elle au ressac ? Nous étions le même flot, les deux aiguilles d'une même horloge et rien ne nous séparerait.

Morale et bénévolat faisaient partie de notre instruction de jeunes filles. Un après-midi par semaine, nous quittions le pensionnat et traversions Asheville dans nos uniformes pour retrouver d'autres uniformes, les blouses blanches des infirmiers du Highland Hospital. C'est dans l'aile des fous qu'on nous attendait. Un jeune médecin aliéniste arrivé d'Europe s'était fait connaître par ses expériences avec la musique. La musique instrumentale donnait de beaux résultats sur les patients psychotiques, disait le docteur Guillaume, et j'aimais jouer pour ce public épars, ces corps exsangues, ces visages ravagés. Je leur jouais ce que je savais et qui n'était ni trop triste ni trop vif.

Il y en avait une qui dansait. Ses grands yeux noirs creusés de cernes lui dévoraient le visage. Elle faisait peine dans sa méchante jupe de laine à carreaux, avec ses jambes pas plus épaisses que des bras d'enfant, d'où toute chair avait fondu, tout muscle disparu. Elle voulait des morceaux de jazz, mais je ne connaissais rien au jazz ; elle voulait des ballets que je n'avais jamais entendus et dont je ne trouvais pas les partitions. Elle avait été danseuse, oui, engagée pour un premier rôle à l'opéra San Carlo de Naples, disait-elle. Il lui arrivait de peindre des choses pas mal qui se vendaient bien à la kermesse du 4-Juillet. On racontait qu'elle avait été célèbre autrefois, pas comme danseuse mais comme épouse d'un écri-

vain à succès. Personne ne savait de qui on parlait, sauf le plus âgé des infirmiers qui nous apprit
ce nom de Fitzgerald et se demanda, indigné, ce
qu'on nous enseignait à l'école.

Le grand écrivain mort, elle était seule et
oubliée. Elle avait une fille qui vivait en Californie et qu'elle ne voyait jamais. «Une mauvaise
mère», me glissa un jour à l'oreille une infirmière
à l'haleine méphitique — et je me demandais :
*Est-ce que la Révérende est une mauvaise mère ? Elle
a mis tellement de miles entre nous, des miles qui,
additionnés dans le temps, font bien plus que de la
Caroline à la Californie, quelque chose comme... de
la Terre à la Lune.*

La danseuse s'interrompait au milieu d'une
suite de pas, elle fondait sur moi, puis, tendant
son beau visage émacié, elle plongeait ses yeux
ardents dans les miens : «Va en Europe, va à Paris.
Tu seras plus heureuse là-bas. On te respectera,
on t'écoutera. On ne s'occupera pas de ta couleur
ni de tes origines. On prendra ce que tu as à donner. Crois-moi, Eunice. Tire-toi d'ici.»

Zelda — c'était son nom — est morte dans un
incendie qui a pris à l'étage des fous à l'isolement.
Bouclée à triple tour. Personne n'a pu monter la
libérer. Avoir été une idole, avoir couru le monde,
peint et dansé — et mourir ainsi, brûlée vive dans
la ville des cendres, ça m'a fait si peur.

Comment aurais-je pu deviner qu'un jour,
à force d'angoisse, d'humiliations et de souf-
frances, je deviendrais comme elle, cette femme

jadis tant fêtée ? Comment savoir que, comme elle, je deviendrais tour à tour un oiseau éclamé, une furie aux crises terribles, une loque à la solitude infinie ? J'ai eu de la chance, moi. On m'a traitée au lithium, pas aux électrochocs.

L'ironie, c'est qu'en quittant le Liberia pour la Suisse j'ai élu domicile sur les rives du lac Léman, à Prangins, sans savoir que c'était là même, dans une clinique très huppée à quelques pas de ma maison, que Zelda avait été enfermée pendant un an et demi, là qu'elle avait vécu son pire calvaire parmi d'autres épouses et filles de célébrités mondiales que, par commodité, on diagnostiquait toutes schizophrènes.

Elle ne m'a jamais quittée, cette femme folle. Son fantôme m'accompagnait.

À la fin, tu ne veux plus sortir de l'hôtel ni voir personne. Tu ne veux plus dîner à minuit avec tous ces gens qui parlent, jacassent, te harcèlent de questions toujours pareilles, comme si tu n'avais pas déjà tout dit et tout donné sur scène, quand eux n'ont rien à donner mais veulent prendre, prendre, prendre encore, arracher un lambeau de toi dans une eucharistie sordide et croire, et dire ensuite que tu leur appartiens, qu'ils t'ont conquise.

Tu restes dans ta chambre et, quand tu as faim, tu appelles le room service, tu commandes un club sandwich. T'es pas dépaysée, avec le club sandwich, et jamais déçue. De New York à Hollywood, d'Amsterdam à Lagos, de Tel-Aviv à Barcelone, il est servi dans tous les palaces, t'as même pas besoin d'ouvrir la carte de restauration dans ta chambre, tu décroches, tu dis : « Un club sandwich et une bouteille de pinot-grigio. » Car tu peux être certaine aussi que figure sur la carte des vins le pinot-grigio. C'est une façon de se créer un chez-soi, une routine, un rempart — une errance acceptable.

## Le manque d'amour
### (les conneries que ça fait faire)

Il y a longtemps que la voix éraillée appelle, longtemps avant qu'il n'éteigne l'aspirateur et ne l'entende supplier : *Reviens avant ma mort.*

Ricardo accouru la trouve en nage, en proie à une sorte de délire doux. Son visage ne montre aucune douleur, ses lèvres étirées font penser plutôt au plaisir. Il ne comprend pas tout de suite. Il croit à un reproche, à un ordre.

*Approche, Edney ! Tu es revenu. Pas trop tôt. Comme tu m'as manqué. Tes cheveux sont toujours aussi noirs, n'est-ce pas, noirs et brillants. Pas un cheveu blanc. Pas une ride.*

Ricardo va dans la salle de bains, il en revient avec un linge mouillé d'eau fraîche qu'il passe sur le front de Nina, ses tempes, ses lèvres sèches, sa gorge gonflée où le sang bat plus fort.

« J'ai rêvé. N'aie pas peur. Je sais que tu n'es pas lui. Tu n'es pas Edney. Lui, c'était mon tout premier, mon fier Indien, mon chéri, mon Cherokee. »

Elle pleure sans s'en rendre compte. Ricardo essuie les larmes avec le linge froid.

«Il était beau, mon amoureux, beau comme le début de la vie. De la vie, il en avait à revendre.

— C'est une belle histoire, Nina, une histoire comme chacun en voudrait une, rien qu'une fois dans sa vie. Il faut vous rendormir.

— Ah! Je ne veux pas dormir, si dormir c'est retrouver le manque de lui.

— Vous voulez un comprimé? Nous avons encore une grosse journée demain.»

. . . . . . . . . . . . . . . . . . . . . .

Je suis sortie du Allen High première de ma promotion. Je n'ai pas épousé Edney : je partais tout l'été à New York, à la Juilliard School, pour y préparer le concours d'entrée au Curtis Institute.

Edney n'a pas compris. Il attendait depuis sept ans. Il a lâché. Les dimanches, il prenait la Chevy et roulait loin, au-delà des frontières de l'État. *Un jeune homme, ça a besoin d'air.* C'est ainsi que les Whiteside et le voisinage nous faisaient comprendre qu'il allait *voir ailleurs.* Une autre fiancée, une vraie.

«Si tu m'aimais autant que je t'aime, tu n'aurais pas besoin de vivre avec ton piano. Tu serais comblée par moi comme je le suis de ta seule présence. Je ne te suffis pas, c'est la vérité. Et ça me fait du mal. Tu ne me vaux aucun bien, à la fin.»

C'était la première fois qu'on me demandait de choisir. D'autres hommes ont essayé ensuite, selon cette loi du désir qui veut que ce qui t'attire chez l'autre est justement ce que tu lui reprocheras plus tard, et à ceux-là je n'ai pas laissé la moindre illusion : dans la minute, je rompais toute relation.

Il n'était pas méchant, Edney, et vraiment c'est lui que j'aurais voulu à mes côtés pour la vie entière. Son odeur... son odeur, je n'arrive pas à l'oublier. Un jour, dans un avion, on m'a placée à côté d'un homme qui sentait un peu pareil. Ma tête s'est mise à tourner, j'ai cru m'évanouir. J'ai demandé qu'on me change de siège. L'inconnu n'a pas compris pourquoi je pleurais et suppliais qu'on m'éloigne de lui. Curieusement, il n'était pas du tout indien. Il était roux, roux foncé, et il avait cette même odeur de sauvagine et de bois fraîchement abattu.

Edney n'avait rien contre la musique, il aimait m'écouter le dimanche après-midi dans la véranda. Mais qu'est-ce que j'avais avec mon ambition ? Qu'avais-je besoin de devenir une virtuose et surtout de vivre une vie publique ? Pourvu que je lui fasse cinq enfants et les élève avec amour, il m'aurait laissée jouer à l'église le dimanche et aux kermesses annuelles. J'aurais pu donner des cours de solfège et de piano, par exemple, et participer ainsi aux besoins du ménage. C'est comme ça qu'il me voyait, qu'il me voulait. Je voulais juste le garder.

Une part de moi songeait : *Accepte puisque tu l'aimes et n'aimeras jamais un autre homme comme lui. Accepte-le dans ton cœur et défais-toi de ce péché d'orgueil qui te dévore.* Mais l'autre part de moi qui désirait la musique, qui désirait l'excellence et le succès, celle-là pesait dix fois plus lourd que la part amoureuse. Je voulais vivre à d'autres sommets, respirer l'éther d'autres sphères. Je voulais les chutes du Zambèze, moi, les cataractes d'Amazonie, pas cette douchette, ce pipi de souris des Pearson's Falls. Je voulais une vie sur les cimes. Pourquoi Edney ne m'a-t-il pas suivie ? Ce n'était pas compliqué pourtant. Je lui aurais fait ses cinq enfants, on aurait eu des nourrices au besoin. Quel gâchis. Immense, incommensurable gâchis.

Après New York, il y eut Philadelphie où j'ai découvert la grande solitude dans un studio glacé aux fenêtres disjointes (Dieu sait si les hivers à Philly peuvent être durs), avec juste un piano d'étude, un paravent, un lit, une table et ma chienne Sheba. Certains soirs, un garçon nommé Ed me rendait visite : un beau gosse très soigné, presque efféminé à force de coquetterie. Il avait reçu une éducation semblable à la mienne, sa mère à lui aussi était pasteure et elle croisait Momma de loin en loin, dans leurs réunions de ministres marmottantes. Ed était baryton, chantait à la chorale de son église. *Le gendre idéal,* semblait penser Momma, mais elle était trop pudique pour oser dire son goût en matière d'hommes. Sa conversation était insipide et souvent je cachais mes bâillements dans ma main en cornet. Je le regardais et je ne pouvais m'empêcher de penser à Edney avec qui les discussions étaient si animées que nos cœurs s'emballaient parfois, nos bouches se tétanisaient et il nous fallait plusieurs minutes de silence pour reprendre notre souffle et retrouver un peu de salive, tels deux jouteurs après l'affrontement.

Faute d'Edney, ce fut Ed. Un dépucelage au rabais — et la douleur plein pot. Quelle chiennerie, cette douleur, ce poignard en toi. Le jeune homme pieux avec son air de gendre parfait était un salaud au lit. Un sauvage. Ça m'a chassé les hommes de la tête et du corps pour un bon moment, je peux te le dire. Un type s'approchait-il un peu trop, aussitôt mon ventre était pris d'élancements, comme transpercé par un fer rouge.

Il me faudrait des années pour m'en remettre et considérer à nouveau un homme comme digne de désir. Dans mon cerveau, la région désirante avait été gelée.

La neige tombait sans fin sur Philadelphie, comme toujours. À la faveur des tempêtes, elle s'engouffrait sous ma porte, sous mes fenêtres. Certains matins, je trouvais de petites stalactites aux poutres du studio. J'étais tout le temps malade et je travaillais sans relâche, dans la fièvre. Je n'avais que ça dans ma vie, mon piano et ma chienne Sheba. Je faisais cette expérience inoubliable de l'ascèse. L'ascèse décuplait ma capacité de travail jusqu'à l'ivresse, jusqu'à l'extase.

Edney m'a poursuivie toute ma vie, comme souvent les premiers amours et les premiers échecs. Certaines chansons me le rappelaient immanquablement. À New York, au Village Gate où je chantais, j'ai rencontré ce chanteur français, le petit Aznavour, le seul Européen à posséder l'esprit soul et le groove. Il m'a présenté des chansons, je lui en ai acheté deux. L'une s'appelle *Tomorrow is my Turn* et, dès la première fois que je l'ai interprétée, mes doigts se sont raidis sur les touches du clavier, ma gorge s'est nouée de sanglots. Jamais je n'ai pu la chanter sans voir dressé devant moi le fantôme d'Edney riant sous la cascade de Pearson's Falls, je pouvais presque le toucher, lécher sur sa peau soyeuse l'eau fraîche au goût de bonheur. Lutter contre les larmes, alors, tenir ferme les notes, était un effort surhumain et j'ai fini par l'abandonner, cette chanson, si douloureuse avec son air de rien.

Le soir de nos fiançailles, Dirty Harry m'avait offert une bague de diamants puis nous étions allés dîner et danser avec ses collègues flics dans un lieu à la mode. Alors que nous en repartions, un copain publiciste, avec qui j'avais flirté quelques mois plus tôt — flirté, rien de plus —, m'a glissé un petit mot dans une poche de mon manteau. Dirty Harry l'a vu. On arrive à mon appartement, il fouille mes poches, demande où j'ai caché le papier. Je n'en sais rien. Je ne l'ai même pas lu. Peut-être l'ai-je fait tomber dans la voiture en cherchant un mouchoir? Peut-être était-ce dans l'ascenseur quand j'ai sorti mes clefs de ma poche? Il me gifle, une fois, deux fois. Puis avec ses menottes il m'attache à une chaise et, son arme de service pointée sur ma tempe, il hurle et frappe encore. Je n'étais plus qu'à moitié consciente lorsqu'il m'a violée. Mais pendant tout ce temps, ces heures interminables où il frappait, vociférait, violait, je n'entendais qu'une voix, celle d'Edney, je n'avais devant moi qu'un visage, celui d'Edney — et je n'avais sur moi qu'une odeur, celle d'Edney.

. . . . . . . . . . . . . . . . . . . . . . . . . . . . .

Les yeux froncés d'inquiétude, Ricardo secoue la tête : «J'ai dû mal comprendre, Nina. Je croyais que le détective de Harlem avait été votre second époux…»

Elle soupire : «Je suis allée me cacher chez une amie et j'ai annulé tous mes engagements pour les deux semaines suivantes. Au bout de huit jours de claustration, je ne tenais plus en place, je devenais dingue et je suis sortie. J'allais juste à cent mètres, dans un salon de thé français qui était un de mes repaires dans le Village. Je m'étais à peine assise à une table que je l'ai vu sur le trottoir, ses deux mains en visière sur son front, qui scrutait par la vitrine l'intérieur de la boutique. Il m'avait suivie. Il s'est étonné de me trouver tuméfiée. Je lui ai dit "C'est pourtant toi qui m'as mise dans cet état", et il a juré ne se souvenir de rien.»

Ricardo, levant les mains au ciel : «Et vous l'avez cru ?

— J'ai cru à ce que j'avais vu. Il ne buvait jamais d'alcool. Je n'avais pas demandé pourquoi. Ce jour-là, il m'a expliqué que l'alcool lui faisait perdre la tête, le rendait violent, puis qu'il

oubliait tout ensuite. Son psy appelait ça des rap-
tus, je crois. J'ai dit : "Très bien, allons voir ton
psy pour lui parler de cette idée de mariage." Le
psychologue de la police nous a reçus le lendemain, longuement, puis nous a raccompagnés
en disant qu'il avait besoin de réfléchir. J'étais
à peine rentrée chez moi que le téléphone son-
nait. C'était le psy qui m'a dit : "Je n'aurai qu'un
conseil, ma jeune dame : ne l'épousez surtout
pas."

— À quoi bon aller consulter des psychologues
si c'est pour ignorer leur avis ?

— J'ai épousé le détective quatre mois plus
tard. Ça n'avait ni sens ni raison, sauf peut-être
la peur de la solitude. S'il sortait de ma vie, je
n'aurais à nouveau plus personne, personne
avec qui partager mes succès, personne pour qui
rentrer à la maison, personne pour me raconter
des histoires drôles et me serrer dans ses bras
les nuits d'insomnie. Il n'a plus jamais bu une
goutte en ma présence. On a emménagé dans une
vaste demeure au milieu d'un parc, à Mount Ver-
non, la banlieue résidentielle de New York. Puis
notre fille est née. Il a cessé d'être un époux. Ne
me touchait plus, dormait dans une chambre à
l'autre bout de la maison. À ce jour, c'est le meilleur imprésario que j'aie eu. »

## Les touches du clavier
## (une blanche vaut deux noires)

C'est *le* jour.

Après son été passé à la Juilliard School pour préparer le concours du Curtis Institute, elle est prête. Bach, Beethoven, Debussy : elle est au point. Juste un doute sur le Chopin — elle aime beaucoup Chopin, qui ne le lui rend pas. Mais elle est prête. Eunice a défrisé ses cheveux, les a coupés et domptés avec de la gomina et beaucoup de laque. Elle porte une robe de mousseline blanche flambant neuve, confectionnée par les doigts de fée de Lucille — une robe qui l'accompagnera longtemps. Aucun maquillage. Une main la pousse dans le dos. Elle entre en scène, inspire à fond, s'assied au piano. Elle pense à Edney. Edney qui reviendra si elle remporte le concours — il lui revient toujours : on ne sépare pas les aiguilles d'une horloge. Qui la félicitera comme au premier jour du premier concert à Tryon et la soulèvera dans ses bras puissants.

Edney la rejoindra à Philly. Elle sera riche, ils auront une maison, des enfants, une voiture et un poney appaloosa. Elle regarde les touches du clavier et sourit à cette idée furtive que leurs enfants seront zébrés, rouges à rayures noires, ou bien l'inverse. Edney sera bon père. Elle pourra compter sur lui et n'aura pas à s'en faire lorsqu'elle tournera à travers le monde. Les affiches clameront sa gloire, le juste dû de son travail d'enfant prodige : «La première concertiste classique noire de tous les temps.» Eunice ne doute pas qu'elle sera célèbre. Pas un instant.

Elle ne bougera pas de là. La scène sera son jardin. Bientôt elle s'offrira de beaux escarpins de satin doré. Bientôt elle aura un fourreau en lamé or pour aller avec les chaussures. Elle veillera à l'art. Edney veillera au bonheur. Tout se passera bien.

Tout ira bien pourvu que toujours on les laisse ensemble, son Indien, la musique et elle.

. . . . . . . . . . . . . . . . . . . . . . . .

*Ils m'ont recalée.*

*Ils ont prétendu que je ne possédais pas le niveau requis. Croyant me réconforter, les jumeaux, mes aînés, ont tout de suite décrété que c'était une question de couleur.*

*Le plus beau, dans tout ça, le plus pervers, c'est qu'il restera toujours un doute pour me tourmenter. Le merveilleux de l'histoire et sa morale cruelle, c'est que jamais je ne saurai. Je mourrai sans savoir si on m'a écartée parce que j'étais noire ou bien si c'est parce que j'avais mal joué. Dans l'un comme dans l'autre cas, un mur. Aucune réponse à mes questions. Juste le silence — le mur des Blancs qui savent si bien se faire fantômes. Au fond de moi, pourtant, une petite voix murmure que j'ai très bien joué ce jour-là.*

*Ma fugue de Bach était parfaite, ma sonate de Beethoven aussi. J'ai peut-être moins réussi la pièce de Chopin, c'est possible... mais sur Debussy je me suis dépassée. Oui, j'étais la meilleure ce jour-là au Curtis Institute, et c'est moi qu'on a refusée. L'unique Noire sur huit cents concurrents blancs.*

*J'étais bonne pour les bouges enfumés, les pianos qui voient l'accordeur une fois tous les dix ans, les mecs bourrés et les putes de luxe. Là, j'étais à ma place.*

*Les Blancs, ils savent très bien où ils en sont de leur valeur. Un élève blanc qui prend un zéro à l'école sait qu'il a été nul. Son camarade blanc qui décroche le prix d'excellence sait qu'il l'a mérité. Qu'on les élise ou qu'on les rejette, ils ne se posent pas la question de l'honnêteté du choix. Ils n'ont pas à se poser la question de leur couleur de peau. Nous, on doit. Car nous ne saurons jamais quelle est notre valeur réelle. C'est tout le vice du système des Blancs. C'est ce qui leur fait inventer aujourd'hui la discrimination positive. L'avers généreux de la médaille génocidaire. Dieu sait s'ils en ont, du vice, mais celui-là est le pire : si tu réussis, tu peux désormais craindre que ce soit non pas pour tes qualités artistiques, ou intellectuelles, ou morales, mais pour la même raison qui te faisait échouer avant, ta couleur de peau. Non seulement, tu ne sais toujours pas ce que tu vaux, mais maintenant tu as peur d'être illégitime dans ton succès. Tu as peur* d'être un imposteur. C'est malin, non ? Malin et vice-lard. Ils sont forts, ces Blancs.

Les ignares croient que c'est simple à jouer, Chopin, parce que c'est facile à écouter. Or il n'y a pas plus tortueux. Les Nocturnes, c'est l'enfer. Et c'est sur ça que j'étais tombée. Peut-être bien que j'ai raté mon Chopin… Peut-être que c'est la cause. J'aurais planté Chopin ?… Comment le savoir ?

## Un chèque pour la révolution

… Tout au long de ma vie j'ai appris. J'ai eu de la chance. J'ai rencontré des gens qui m'aimaient et qui m'instruisaient. C'est le plus précieux trésor de la vie, les amis qui vous apprennent.

Signoret, cette actrice française, elle était belle, elle était rebelle, elle m'intimidait. Il faut voir comme elle a envoyé dinguer Hollywood et tout le zinzin. C'était ma sœur, en elle couvait une colère qui était sœur de ma colère. Ajoute à ça qu'on est toutes les deux ivrognes ! Ivrognes et cocues…

(De Mr. Bobby en Miss Simone, Ricardo a échafaudé une théorie selon laquelle les gens célèbres ont quelque chose de grillé là-haut et autre chose de troué dans le cœur. Ça bouillonne d'un côté, ça fuit de l'autre. Et il ne sait toujours pas qui est Simone Signoret : il ne peut mettre un visage sur ce nom, ni le beau visage d'antan ni celui, abîmé, des dernières années. Il imagine une sorte de Nina blanchie et raccourcie.)

… Elle habitait un grand appartement au cœur

de Paris, avec de très hautes fenêtres qui donnaient sur la Seine. La nuit venue, les guirlandes à néon des Bateaux-Mouches passant sous les fenêtres inondaient le plafond de leur lumière dansante. Elle était au téléphone, a dit sa secrétaire, puis elle m'a pris des mains mon bouquet de fleurs et a disparu dans ce qui devait être la cuisine.

Signoret m'ouvre les bras : «Alors comme ça, c'est toi, Nina Simone? Qu'est-ce que t'es grande! Approche un peu. T'es belle comme un cœur, tu sais. Je suis fière que tu portes mon nom. Désolée... désolée de ne pas mieux te remercier. Tu as pris le nom de la belle actrice de *Casque d'or*, et tu te retrouves face à quoi? une légende ravagée, une dondon défigurée dont plus personne ne veut. C'est comme ça, allez... c'est la vie et je n'ai pas à me plaindre du jeu que j'ai tiré à la naissance. Montand? Montand n'est pas là. Il est quelque part dans Paris à sauter une jeunesse de vingt piges qui lui fera un môme, le fils dont il rêve, que je n'ai pas été capable de lui donner.»

J'avais moi-même le cœur si gros des enfants que je n'avais pas su donner à ces hommes que j'aimais, des enfants qui m'auraient permis de les garder, peut-être, que j'ai cru que j'allais éclater en sanglots. Signoret a sonné alors et la secrétaire nous a apporté une bouteille de Four Roses avec deux verres — «Le bourbon que je préfère, a-t-elle soufflé, mais faut pas le dire car ce n'est pas une marque chic.» On sirotait en silence, dans la pénombre, lorsque la secrétaire revint avec le bouquet dans un beau vase de cristal. «C'est toi, ces mimosas? J'adore le mimosa, ça sent si bon. Regarde, on dirait qu'un soleil est entré dans la pièce. J'ai horreur de l'hiver. Ce froid qui pénètre jusqu'aux os. Ces nuits qui tombent à cinq heures, ça fout le bourbon… euh, le bourdon!»

Elle rit de bon cœur puis tend un bras engourdi vers le petit bureau près d'elle, ouvre le tiroir, en sort un chéquier.

Signoret : «Il leur faudrait combien à tes amis?»

Moi : «Mes amis?»

Signoret : «Les Black Panthers, c'est bien tes amis, non?… Mais si tu préfères, si tu as une association en Afrique, dis-moi.»

Moi : «Je ne venais pas pour ça.»

Signoret : «Tu ne viens pas pour de l'argent? Tu viens pourquoi alors?»

Moi : «Pour vous rencontrer, vous dire… que je vous aime.»

Signoret : «Tout le monde vient me voir pour l'argent. Pas pour l'amour.»

Moi : «En vérité, je venais surtout pour le sexe.»

Signoret repart de son grand rire enroué, et je la suis, je ris avec elle, de mon rire à faire trembler les hautes vitres du bel appartement. C'est long, un fou rire, c'est interminable, bientôt ça vous tire les zygomatiques, ça vous grippe les mandibules, ça vire au supplice mais c'est bon. Rire avec quelqu'un qu'on aime, c'est bien.

Signoret, essuyant les larmes aux coins de ses yeux : «T'es bath, toi, t'es pas commune… Tu vis à Paris, si j'ai compris ?»

Moi : «J'habite au parc Montsouris, oui.»

Signoret : «Ah… c'est beau par là.»

À sa voix évasive, j'entendais qu'elle ne se rappelait pas vraiment les lieux, si tant est qu'elle y ait mis les pieds un jour. Et je n'ai pas osé lui répondre que je détestais mon appartement mais que je n'avais pas les moyens de m'offrir mieux.

Alors l'interphone a sonné, alors la secrétaire pas commode est venue interrompre la joie si rare en ces lieux, un rendez-vous que mademoiselle Signoret avait oublié, un autre chèque à remplir, peut-être. Un chèque pour le Chili, un chèque pour les familles de grévistes, un chèque pour le journal de gauche qui s'enfonce, un chèque pour La Roue Tourne, le mouroir des acteurs inconnus — ceux-là qui dans les films tendaient silencieusement son manteau de vison à Signoret, qui lui ouvraient la porte d'un restaurant ou qui la soulevaient, merveilleuse et légère, dans leurs bras bandés à l'heure des bals au bord de l'eau.

Elle a promis de venir me voir un soir au cabaret des Trois Maillets, où j'avais signé pour deux mois. Elle allait commencer un tournage d'un jour à l'autre et me rappellerait une fois le tournage fini. Ce fut son dernier film, je crois. Je ne l'ai jamais revue.

Quand elle est morte, trois ans plus tard, je ne l'ai pas su tout de suite. J'étais loin, à Trinidad ou en tournée, je ne sais plus. J'ai pleuré en l'apprenant trop tard. J'aurais voulu l'accompagner à sa dernière demeure. J'aurais au moins voulu envoyer des fleurs. Une couronne de mimosas. Un soleil. Je n'ai pu que lui dédier un récital, un soir où je jouais pour le président Mitterrand dans un château de la Loire. Les plus grands chefs d'État assistaient là à un sommet. Pour sa clôture, Mitterrand avait souhaité une soirée de gala qui impressionnerait les plus puissants de ses homologues. Je portais pour 250 000 dollars de diamants prêtés par la maison Boucheron… Oh! c'était beau, tu sais. J'avais aussi une longue, longue cape de satin noir très lourd, au bas rebrodé de plumes grises et de perles bleues, confectionnée par le grand Saint Laurent… Rendre les diamants, d'accord, mais rendre cette cape, ça m'a crevé le cœur. À la fin du concert, j'ai rejoint le dîner officiel. Le Président est venu me saluer et m'a dit : « C'est bien, ce que vous avez dit de Signoret. Elle est très regrettée, ici. » Et j'ai encore fondu en larmes sans pouvoir répondre. Comment dire à un homme si distingué et distant : « Signoret et moi avions beaucoup en commun. Une enfance marquée par le racisme, des hommes qui nous trompent et nous humilient publiquement, la beauté vite envolée, et l'alcool aussi — le plus vieil anxiolytique du monde. » On ne dit pas ça à un président de la République.

. . . . . . . . . . . . . . . . . . . . . . . . . .

*Il y eut des moments merveilleux, tu sais.*
*Merveilleux.*
*Tout n'a pas été que chiennerie et menace du pire.*

. . . . . . . . . . . . . . . . . . . . . . . . . .

«Tu pleures? Ne pleure pas, Ricardo.

— N'arrêtez pas tout de suite. Je veux avoir la chance de vous voir chanter encore une fois. S'il vous plaît.

— Je chanterai pour toi si seulement tu arrêtes de chialer. C'est pas mon truc, les effusions. J'ai longtemps pleuré… jadis… enfant… en cachette. Mais ces heures-là ne sont rien à côté des années de colère, des décennies passées à me mordre le dedans des joues pour ne rien montrer.

— Chez moi, on dit que l'homme qui pleure éponge la sueur de Dieu.

— Chez moi, l'homme qui pleure sera lynché. C'est pourquoi il faut prendre les armes. Je voulais prendre les armes. J'aurais rendu coup pour coup. Personne ne m'a écoutée.»

Ce mot *arme*. Ricardo grimace.

## Mister Bobby

Ricardo repasse le boubou préféré tandis que Nina, d'un index distrait, fait tourner les glaçons dans son verre de thé au citron — du thé, vraiment, cette fois.

«Qu'allez-vous devenir si vous ne chantez plus?
— Je jouerai pour moi seule, jour et nuit. Je jouerai mes trois génies, Bach, Debussy et Chopin. Je n'ai jamais aimé chanter. Ça ne me manquera pas. Pas au point où ces trois-là m'ont manqué. Les médecins de l'hôpital Necker se sont étonnés d'une chose pour eux paradoxale : les périodes les plus paisibles de ma vie, les moins tourmentées, n'étaient pas celles où je nageais en plein succès, où je courais le monde. Non, c'étaient les périodes modestes, les années de vaches maigres, celles où je m'épuisais tous les soirs dans des petites salles, des clubs à New York, des cabarets à Paris. L'explication en est pourtant simple. Chaque soir après mon tour de chant, je pouvais rentrer chez moi, dans mon appartement de Central Park ou dans celui du parc Montsou-

ris. Et ce n'est pas que j'étais tellement attachée au lieu lui-même, c'est que j'y retrouvais mon piano. Alors, chaque nuit, je passais au moins trois heures à jouer les maîtres classiques. Trois heures au moins pour me laver le cerveau, me décrasser les oreilles de toute l'horrible variété qu'on me réclamait, à laquelle je me soumettais. En tournée, les nuits viraient au cauchemar. Je pouvais demander beaucoup de choses qu'on me cédait volontiers, mais je n'ai jamais réussi à avoir un piano dans ma chambre. J'errais d'un coin de la pièce à l'autre, debout sans dormir, les tympans stridents, la tête martelée — prisonnière de la cacophonie.

— Et le public? Le public va vous manquer, lui. Les applaudissements, les rappels, les gerbes de fleurs...

— Tu rêves, chaton. Je n'ai jamais aimé le public, à présent j'en ai peur. Je ne comprends pas ce qu'ils me veulent. Ils semblent là pour me dévorer, me faire rater ma vie. Je veux reprendre le magnifique *Strange Fruit*? Ils me demandent *Feelings*. Je leur propose *Four Women*, un morceau à moi, que j'ai écrit et qui me tient à cœur?... Ils me réclament un tube, ils sont comme des enfants collés à leur guimauve, et les voilà qui supplient *My Baby Just Cares For me!*, la chanson la plus inepte, la plus mièvre de tout mon répertoire. Je les envoie chier, je les traite de nuls, mais ils insistent, ils frappent dans leurs mains, tapent des pieds sur le plancher, *My Baby! My Baby!* Alors je cède, avec dégoût. Tu parles! Sûr qu'elle me lève le cœur, cette chanson. Comme si quiconque s'était jamais soucié de moi.»

*

«Ce soir, je veux être irréprochable. Je veux le faire bisquer, ton vieux Bobby, je veux qu'il s'étouffe de jalousie. Va me chercher mes créoles. Les doubles. Ce que tu peux être empoté des fois. Bien sûr que je veux la paire, mais je veux le modèle double. À l'intérieur d'un grand anneau il y a un anneau plus petit et, quand je bouge la nuque, ça tintinnabule, ça me fait comme des cymbales accrochées aux oreilles. Tu trouves? Tu me donnes mal à la tête. Apporte-moi le coffret. Le gros coffret en argent et ivoire, oui.

«Un prince africain me l'a offert. C'était au Liberia. Le pays des esclaves affranchis, notre Jérusalem d'Afrique de l'Ouest... Un prince. J'y ai cru, là encore. Et puis non. Prince par la naissance, mais par le cœur un vaurien.»

Le coffret grand ouvert entre les mains, elle sourit, elle baye aux corneilles puis plonge à pleins doigts dans l'amas de métal, or, argent, ruolz, faisant cliqueter la joncaille, les colliers mille-chaînes, les colliers de chien en fil d'argent tressé, les joncs Cléopâtre, les bracelets d'ivoire et, bien sûr, les boucles d'oreilles créoles dont elle a accumulé depuis sa jeunesse toute une collection, qui n'ont plus de créole que la forme et l'esprit, venues des joailleries du monde entier comme des échoppes des rues de Dakar, de Lagos ou de Lomé. Elle a oublié les créoles. Elle a oublié ce qu'elle voulait. Elle brasse, elle malaxe des dix doigts le métal sinueux, comme une gamine ivre de joie enfonce ses mains dans le sable, et en sort des serpents de froid satin. Bientôt le métal tinte, bientôt elle a trouvé un rythme et une harmonie, bientôt on entend les cymbales, oui, et les cloches, et le triangle, bientôt on entend l'air se soulever : c'est Dieu qui entre dans le temple de Tryon, et la gamine qui ne s'appelle encore qu'Eunice voit la foule bandée se lever d'une seule vague irréfragable, les fidèles ont enfin atteint la transe, Eunice a bien joué et pourtant elle a peur, Mère la Révérende, en transe elle aussi, lui fout une trouille terrible à l'image de tous ces gens rigides et glacials qu'un enthousiasme excessif a pris soudain, sans prévenir, comme on dit que la folie vous prend — Eunice a peur, la panique menace et elle enfonce plus fort les touches de l'harmonium, elle brandit au ciel les anneaux et serpents de métal, elle les entrechoque pour garder le tempo, garder le charme, elle ouvre ses lèvres extasiées mais sèches, dont nul son ne sort, dont nul chant ne sortira plus.

Et pendant qu'elle joue ainsi, du fond de la boîte vidée une arme de poing surgit, un petit calibre comme avait dit Leroy, tout ce qu'il y a de joli comme il disait aussi : le revolver est une sorte de bijou lui-même avec son court canon doré et sa crosse de nacre frappée du discret logo S&W.

Elle remet tout en vrac dans le coffret, le referme, le caresse à deux mains. Froid du métal précieux, tiédeur de l'ivoire incrusté.

«Il faut vendre tout ça. Certains bijoux sont très anciens, des pièces de collection que les marchands d'art africain s'arracheraient. Je pourrais les mettre à Drouot ou chez Sotheby's. Sois gentil, parles-en au Kid ; trouvons un expert sérieux. Il faut faire rentrer de l'argent. Et pendant que tu y es, demande-lui d'appeler l'accordeur. Dis-lui que je me remets au classique. Je veux un son parfait.»

*

Pour le dîner de retrouvailles, Nina a voulu faire les choses en grand.

On allume les girandoles du jardin, on dresse une vraie table avec des bougies et des assiettes richement décorées.

Ricardo a promis de faire le plat préféré de Mr. Bobby, le poulet au lait de coco, gingembre et poivrons.

«Il boit quoi, le vieux Bobby ?

— Le jour, de la bière — beaucoup de bière. Passé minuit, du Cointreau exclusivement. Ne vous inquiétez pas, j'ai prévu la quantité nécessaire.»

Il arrive, grand, corpulent, colosse rougeaud aux cheveux blancs teints en blond vénitien. Accompagné d'un jeune homme immense à l'air fat, appelé Abdallah.

C'est une soirée joyeuse, chacun se moque gentiment de l'autre.

Bob Williams : « C'est vrai ce qu'on dit, que tu arrêtes ? »

Nina : « Tout ce qu'il y a de plus vrai. Je vais sur mes soixante-huit ans, tu te rends compte ? »

Bob Williams : « Ça oui. C'est l'âge où j'ai fait mes adieux à la scène, à l'Olympia. Tu as raison, il faut savoir partir. »

Nina, rieuse : « Tu parles. Dix ans plus tard, tu remontais sur cette même scène de l'Olympia. À quatre-vingts piges ! »

Bob Williams, hilare : « C'est Alzheimer, qu'est-ce que tu veux ! Je ne me souvenais plus que j'avais déjà fait mes adieux. »

Depuis la cuisine, Ricardo entend les rires de ses patrons dans le jardin et sifflote d'un cœur léger.

Lascif, ses longues jambes étendues sous la table, Abdallah s'ennuie ferme car il ne sait pas l'anglais. Il donne des ordres à Ricardo : *Vide les cendriers*, *Va me chercher de l'eau et des glaçons*, *Ça manque de piment, ton poulet, va me chercher du piment.*

Nina cherche ses mots en français : « Il est très bon, le poulet. Je l'aime beaucoup. »

Abdallah, haussant les épaules : « Peut-être à votre goût, pas au mien. »

Alors Nina explose : « Qu'est-ce que c'est que ce gigolo de merde ! Apprends ton boulot, au moins, sois poli faute d'être intelligent. Une pute, ça lève son cul quand ça a soif. Tu te prends pour quoi ? »

Abdallah connaît les mots gigolo et pute dans au moins six langues, si bien que le message global lui est parvenu. Il se lève, se déplie plutôt, si brusquement que quelque chose a craqué dans son squelette, un genou ou une vertèbre. Mr. Bobby, déjà ivre, le supplie de rester encore un peu, mais c'est Abdallah qui a les clés de la voiture et qui peut seul conduire, alors Mr. Bobby obtempère et suit son jeune amant ombrageux. Ni au revoir ni excuse à Nina.

Le vieux chanteur essoufflé se retourne vers Ricardo. «Tu rentres avec nous?» Ricardo fait non de la tête. «Je reste ici pour ranger. Et puis j'ai mon scooter.»

Bob Williams : «On met ton scooter dans le coffre, tu sais bien.»

Ricardo : «Je préfère dormir ici.»

Nina : «Je lui ferai un lit sur le canapé du salon. Je le garde pour moi.»

Bob Williams : «On ne va pas rejouer le jugement de Salomon, Nina. Il fera ce qu'il veut.»

Les deux vedettes se défient du regard — deux paires d'yeux injectés de sang, pareillement noyés de bibine.

\*

Ricardo dessert la table, harcelé par le chien Shalom qui mendie un relief de poulet. «Il t'aime, dit Nina, la voix pâteuse. Je ne sais pas ce que tu lui as fait, mais il t'aime.» Ce soir, exceptionnellement, Ricardo aura le droit de nourrir Shalom.

«Je ne mentais pas. J'ai vraiment trouvé ton poulet délicieux. Tu m'en referas? Et des crevettes à l'ail aussi? Je n'ai jamais su cuire un œuf. Momma ne nous a pas appris. Pas le temps. Ça ne l'intéressait pas. Elle préférait dire que c'était péché, comme la plupart des plaisirs terrestres. *[Une pause.]* Tu sais quoi? Je donne son congé à Mireille. Tu seras mon nouveau cuisinier. Je double ton salaire.»

Nina guette une explosion de joie qui ne vient pas. Un sourire, un merci au moins. Mais Ricardo a rougi, baissé les yeux. Du bout de l'index, il joue avec la flamme d'une bougie.

Elle : «Dis quelque chose. Et cesse de renverser la cire sur la table.»

Lui : «Je ne pourrai pas.»

Elle : «Bien sûr que si. Tu quittes Bobby, je te loge à côté de moi, dans la chambre de Wendy. Et si ça peut te soulager, car je sais que les baies vitrées t'enquiquinent, je ferai appel à un laveur de carreaux.»

Lui : «Mr. Bobby déménage à Paris. C'est décidé.»

Elle : «Qu'il déménage, ton croulant de crooner! Bon vent. Non mais, tu as vu sa tête? Avec ses trois cheveux teints en blond, on dirait un croupier de casino.»

Lui : «J'ai promis de le suivre. Il a pris un grand appartement avec un studio au dernier étage exprès pour moi.»

Elle, frappant la table du poing : «Un studio au dernier étage! Tu parles. À Paris, on appelle

247

ça une chambre de bonne. Dix mètres carrés, un évier, et les chiottes sur le palier. C'est ça qui t'attend, p'tite tête. »

Lui : « Ah ?... Mr. Bobby me l'a montré en photo. Il y a une salle de douche avec des toilettes, un coin cuisine avec un frigo et des plaques électriques... Il me mentirait ? »

Elle : « Et tu pars quand ? »

Lui, de son air puéril un peu demeuré : « Oh, ce n'est pas pour tout de suite. Pas avant trois mois. On a le temps. »

Nina se lève en vacillant sur ses hauts talons. Son équilibre rétabli, elle prend le seau en argent où nagent quelques derniers glaçons et le renverse sur la tête de Ricardo, qui suffoque.

« Finalement, tu vas reprendre ton scooter et rentrer chez ta vieille morue blonde. Il n'y a pas de lit pour toi ici. »


(Ricardo tiendra promesse. Quelques jours plus tard, il refera son poulet au lait de coco mais Nina n'en avalera qu'une bouchée avant de grimacer de dégoût et de régurgiter. Il pensera que c'est pour le punir. Kid, Teardrop et l'Ancien penseront de même, eux qui assistent depuis des jours, et non sans plaisir, à la chute du favori Ricardo. Nul ne saura la douleur que Nina éprouve à manger. Nul ne saura que le cancer s'est étendu à l'œsophage et à la trachée.)

*Now, ladies and gentlemen, this is the final curtain.*

## *Ce que c'est qu'une grande artiste*

La légende voudrait que ce soit le dernier concert de Nina Simone. Ce n'est pas l'entière vérité — hélas pour elle — car elle remonta sur scène une bonne vingtaine de fois après Marciac, mais c'est le dernier concert que ses fidèles souhaitent se rappeler.

La dernière prestation où l'on put *reconnaître* Nina Simone, la reconnaître, l'écouter et l'admirer.

La tension était immense autour et à l'intérieur du grand chapiteau : viendrait-elle ? Et dans quel état physique, dans quelle disposition d'esprit ? La semaine précédente, elle avait annulé au dernier moment un concert à Antibes. La semaine d'avant, à Montreux, elle s'était interrompue au milieu du deuxième morceau puis avait quitté la scène — elle n'y était restée que six minutes. Elle avait pris soin d'être payée avant le concert. Les organisateurs du festival menaçaient d'un procès si son tourneur ne les remboursait pas. Le Kid leur rit au nez : ils avaient oublié de faire signer son contrat à la chanteuse.

Son apparition sur la scène de Marciac n'eut rien pour rassurer. Grossie («obèse», dira un journaliste délicat), incapable de marcher seule, elle était escortée par deux hommes en noir pareils à des croque-morts — ses derniers gardes du corps, en somme.

Le récital a très mal commencé : sans voix, l'élocution pâteuse — les paroles des chansons ne lui reviennent pas ou bien elle les déforme sans qu'on sache si c'est volontaire ou non.

Sur les deux écrans géants qui flanquent la scène de part et d'autre, on la bombarde en gros plan, regard perdu, mâchoire pendante.

Harry l'Ancien, dans la coulisse : «C'est pas vrai, elle va pas nous refaire Pompéi!» Teardrop, Kid et Ricardo ont ouvert de grands yeux. «Vous étiez encore dans vos langes. Une heure de supplice intégral : elle jouait faux, elle chantait faux. Ne tenait aucune note, avait oublié les paroles de *My Way*. Le malheureux percussionniste frappait ses bongos dans le vide. À un moment, elle a failli tomber du tabouret. Elle était si bouffie dans son boubou rouge, on aurait dit une vieillarde gâteuse alors qu'elle avait quoi?... à peine cinquante ans. Le public tapait dans ses mains pour l'encourager. Je me suis demandé si ce n'était pas de la charité. Si tous ces bravos ne l'encourageaient pas plutôt à laisser tomber et à rentrer chez elle cuver son vin et son malheur. Il fallait que le public l'aime pour ne pas se lever et la huer.»

Teardrop : « C'est sûr, ça, il faut beaucoup l'aimer pour tant lui pardonner. »

Tous quatre hochent la tête de conserve. Il n'est plus question du public mais de ce que chacun a dans le cœur et sur le cœur.

Teardrop accuse la robe verte pailletée : « Jamais de vert sur scène, Wendy le lui disait, je le lui ai répété. Ça porte malheur. *[D'un clin d'œil, il désigne Ricardo aux deux autres :]* Si on avait été là, jamais elle n'aurait acheté cette robe verte. »

L'Ancien : « Arrête avec tes superstitions de bonne femme. À Pompéi, elle était en rouge. Il s'agit plutôt de ce qu'elle s'est enfilé dans la journée, ouais. *[Au Kid :]* Tu avais promis. Tu t'étais engagé à surveiller sa consommation d'alcool. Tu es bien la brêle que je croyais au départ. »

Kid : « Eh ! doucement ! Comment pourrais-je surveiller quoi que ce soit, puisque l'autre, là… »

Ricardo : « J'ai un nom. »

Kid, furieux : « Ce lèche-cul file la réapprovisionner dès qu'elle est à court. Comment je contrôlerais quoi ? »

L'Ancien : « Pitié, vous n'allez quand même pas vous crêper le chignon comme des gonzesses ? »

Et tandis qu'ils fulminent, ruminent dans l'ombre de la coulisse, poings serrés au fond des poches, la femme écrasée de lumière lutte contre son corps douloureux, lutte avec ce clavier, le compagnon de toute une vie qui parfois passe à l'ennemi, elle se bat et le public le voit, les deux écrans géants ne perdent pas une miette de ce combat, qui traquent la moindre grimace, dénoncent la moindre hésitation, qui s'attardent avec impudeur sur la sueur ruisselante et le regard accablé, alors le public se détourne des écrans monstres, il murmure, il rugit, il soutient le dos meurtri, il épouse le tourment de l'esprit, et voici qu'il se soulève, s'enjoue, les chuchotis se sont faits grondement et la masse semble vrombir tel un gros insecte, un ballon empli de mille cigales, elle sait ce qui advient, elle quitte le château Solitude, daigne tourner son beau profil vers la rumeur à ses pieds et voici qu'elle sourit enfin, conquérante, vacharde, émue aussi, «Foutus Français! vous ne me méritez pas», et voici que le public rit, il applaudit, en redemande, «Autant vous prévenir, bande de nuls, au premier qui réclame *My Baby Just Cares*, je me tire!»…, les insultes font partie du jeu, la désinvolture fait partie du charme et la longue histoire peut continuer, comme le résume Harry l'Ancien, bouche bée dans la coulisse, mégot de havane pendant à sa lèvre inférieure, le vieux briscard du business laissé pantois malgré les années. «Et c'est reparti. Regardez ça, les enfants. Sachez apprécier, car vous ne reverrez sans doute jamais un tel prodige de toute votre vie.»

Il arrivait aussi que les salles ne se laissent pas retourner de si bonne grâce. Il arrivait que la colère l'emporte, les sifflets et les cris de «Remboursez!», les fauteuils claquant ostensiblement pour marquer le dépit des spectateurs et leur ruée vers la sortie. Ça arrivait, mais si peu, si rarement en regard des ratés de Nina Simone, ses défections et ses grossiers lapins.

C'est qu'elle sait aussi se faire humble et repentante. Ce soir, à Marciac, un nouveau couac vient gripper la mécanique : voici qu'elle a oublié la version phonétique de *Ne me quitte pas* (on ne peut pas dire qu'elle en ait jamais su les paroles, car elle a appris des sons, pas des mots), l'auditoire montre des signes de déception, on entend quelques soupirs appuyés, des râles discrets. Si égarée soit-elle, Nina trouve alors cette issue de génie : «Ne me quitte pas, France», souffle-t-elle dans le micro — et la salle chavirée applaudit à tout rompre, les premiers rangs debout.

Harry l'Ancien, à la sortie de scène, l'a serrée dans ses bras et couverte de compliments tel un collégien amoureux. «Ton intelligence a toujours été ton salut.» L'abri de chantier qui fait office de loge est envahi de fleurs. Nina a les yeux embués, elle prend sa voix de petite fille enrouée pour interroger le Kid : «Dis-moi, ils t'ont payé ? Tu as le chèque ?»

L'Ancien : «Allons, rentrons à l'hôtel manger un morceau et nous reposer. On l'a tous bien mérité.»

Elle : «Non. On rentre à la maison.»

L'Ancien : «Tu n'y penses pas ? C'est à cinq heures de route au moins, et il est déjà minuit passé.»

Elle : «Je n'irai pas dans leur hôtel minable.»

Teardrop : «De nuit, c'est six heures de

254

route, au bas mot. Et je suis crevé. Il faudra que quelqu'un me relaie.»

Kid : «Tu as un déjeuner de presse avec le député-maire, demain, et avec les promoteurs du festival. Tu as promis. Tu es leur tête d'affiche.»

Elle, serrant sur sa poitrine une brassée de lys blancs, la humant : «M'en fous. J'ai rien promis. Toi, tu as promis. L'Ancien a promis. Moi non. Quand je demande un cinq-étoiles, on me trouve un cinq-étoiles. Alors je veux me réveiller demain dans mon lit, chez moi, au bord de ma plage.»

Elle rejoint derrière le paravent Jean-Didier qui a préparé la seringue de son produit magique. Il pique le haut d'une fesse : l'aiguille s'enfonce profondément, la dose est si copieuse qu'il faut presque une minute pour l'injecter tout entière — Nina agrippe à deux mains le dos de la chaise, la douleur lui arrache un râle, c'est comme un shoot de napalm dans ses chairs, son dos et ses jambes semblent paralysés : une sensation ter-rifiante, puis, le temps que l'épais liquide soit résorbé dans les tissus, le feu s'apaise et elle sou-rit, béate, des lacs dans les yeux. Personne ne veut savoir ce que le kiné lui administre. Un jour, il s'est contenté de dire qu'il enfreignait au moins deux lois et trois règles déontologiques.

Kid Harry s'échinant à décrire le scandale que ce serait (c'est-à-dire : l'embarras pour lui) si Nina plantait le déjeuner officiel, Harry l'Ancien lui fait signe qu'il perd son temps et sa salive. Elle a décidé ça, elle est épuisée, mais c'est l'heure de la nuit où elle est le plus combative. Les étamines des lys ont laissé sur son nez et sa gorge des traînées de poudre orange vif. La voici panthère, poisson-lune, oiseau du paradis dans sa robe verte miroitante.

Kid : «Alors quoi? Je commande deux taxis longue distance? Encore une fortune jetée par les fenêtres pour un...»

Elle : «Quels taxis? Tu veux rire. On garde la limousine, on repart tous dedans, ils n'auront qu'à envoyer quelqu'un la chercher. Ils vont voir ce qu'il en coûte de me traiter par-dessus la jambe. Quoi! On me refuse un hélicoptère, puis on me jette dans un trois-étoiles pour commis voyageurs. Et vous, les mecs, vous cédez. C'est ça, défendre mes intérêts? Vous cédez toujours aux autres. Eh bien, vous vous débrouillerez avec eux. De toute façon, je n'ai plus rien à perdre parce que c'est fini. Je ne chanterai plus. Je sais que ça fait dix ans que je répète ça, et que vous me forcez encore, et que je me soumets car vous avez besoin de moi. Mais non, plus cette fois. Plus personne ne me fera chanter.»

Les lacets des collines se répètent, lancinants, qui font tanguer la longue voiture. Nina a juste le temps de dire «Arrête-toi», elle ouvre la portière et vomit dans le bas-côté — elle qui jamais ne vomit. Ils s'arrêteront plusieurs fois. Tout le monde pense que c'est l'alcool et la contrariété conjugués.

Elle paraît si fragile, soudain. Une femme fatiguée, effrayée par ce qui l'attend. Elle, elle sait.

Elle sait qu'elle a frôlé la catastrophe de trop près cette fois. Que ça ne vaut plus tant de peine.

(Elle vomira de plus en plus souvent. Un jour, le toubib et le kiné s'entretiendront dans le hall des interactions possibles entre le lithium qu'elle continue de prendre et le flacon de sirop orange qui trône sur la table de chevet, un cocktail morphine-cocaïne, au dire du médecin. Alors, Ricardo comprendra.)

*J'ai assez souffert dans ma vie.*
*J'affiche complet.*

## «*Reste ici*»

«Reste ici. Reste avec moi. Laisse tomber le vieux crooner peroxydé. Qu'irais-tu faire à Paris avec lui ? Tu t'ennuierais, il pleut tout le temps, il fait froid à périr — fini les tongs et les bermudas. Je te donnerai cinq mille, moi, mais en dollars. Wendy partie, Mireille virée, je peux t'offrir ça. Il faudra m'accompagner dans ma dernière tournée. Il y a pire, non ? Tu verrais les États-Unis, l'Angleterre...

«Reste. Songe un peu, je récupère deux salaires et une chambre. Une chambre pour toi. Je t'offrirai le permis auto, comme ça tu me conduiras — pas un gros job puisque je ne bouge plus — et quand je serai débarrassée de ce boulet de Teardrop, il y aura une chambre pour tes fils qui viendront te voir aux vacances.»

*Elle divague — l'effet du sirop magique*, se dit Ricardo. Elle ajoute : «J'en ai parlé au Kid, il trouve que c'est un très bon arrangement pour l'avenir.» Ricardo n'en croit pas un mot, mais marmonne : «C'est gentil. Très gentil.»

Il quitte la chambre et referme la porte avec une délicatesse de perceur de coffres.

Les trois Harry lui fondent dessus : «Alors qu'est-ce qu'elle dit ? Parle.»

Ricardo : «Vous savez bien qu'elle ne m'adresse plus la parole, sauf pour donner ses ordres.»

Les trois Harry : «Qu'est-ce que vous racontiez alors, tout ce temps, dans la chambre ?»

Ricardo : «Elle dit qu'elle veut un Steinway de concert et jouer ses choses anciennes, sa belle musique que je ne connais pas, moi. Elle dit : Bach, cantates... Elle dit : Beethoven, sonates... C'est les noms qui me reviennent. Elle dit qu'elle est la première pianiste noire au monde, et qu'il faut que ça se sache, enfin.»

Harry la Finance : «Fa recommenfe ! Ne me dites pas que v'ai interrompu mes vacanfes à Monaco pour un énième caprife.»

L'Ancien : «On n'est pas dans la merde. Tu n'as pas l'air de mesurer que cette fois c'est grave.»

La Finance, vexé : «Mais fi, ve mevure. Les caiffes font vides, vides, vides. On est fur la paille.»

L'Ancien : «Dix concerts annulés ou pas honorés jusqu'au bout... On va devoir rembourser, payer les dédits.»

Le Kid, désinvolte : «Je peux négocier. Trouver des vices de forme.»

L'Ancien : «Tu ne négocies rien du tout. On paiera ce qu'on doit. J'ai une réputation dans ce métier, moi! Tu as fait assez de dégâts, je ne veux pas être associé à tes méthodes. »

La Finance : « On ne veut en rien être affofiés à tes varnaques. »

Le Kid, s'égosillant : « La vieille salope va nous ruiner. »

La Finance : « Après tout fe qu'on a fait pour elle, tout fe qu'on a enduré. »

Ricardo fait ses gros yeux noirs qui n'impressionnent personne : « Je vous interdis de parler ainsi de Miss Simone. Un peu de respect, messieurs. Pensez à vos Mercedes, et toi à ta Rover. »

Le Kid : « Ma Rover ? Écoutez donc le petit niakoué qui vient nous parler de respect ? C'est nous qui t'avons engagé! Un coup de fil à l'Immigration, et tu disparais, merdeux! »

Ricardo, imperturbable : « Mais c'est son argent à elle qui me paie. »

Les trois Harry le soupèsent du regard. Que faire de ce dévoué serviteur ? Son cas est à l'étude, dirait-on.

*

Des trois Harry, celui qui resta pour la veiller n'était pas celui qu'on aurait cru. Ce fut Kid, le moins aimant, ou disons : le moins attaché aux souvenirs d'un firmament dont il n'avait connu que la lumière déclinante et les poussières.

Il fit les comptes. La chanteuse retirée ne pourrait pas entretenir un train de maison bien longtemps. Nina lui demanda d'intenter deux ou trois nouveaux procès pour renflouer les comptes. Le Kid répondit que la source des procédures était tarie : on avait fait le tour des escroqueries réelles et supposées. On congédia Teardrop. Qu'aurait-elle besoin d'un chauffeur garde du corps si elle n'apparaissait plus en public ? Nina proposa qu'on vende la luxueuse Mercedes, qu'on prenne une petite voiture modeste. La Mercedes ne valait plus grand-chose, osa le Kid, s'attirant une des dernières colères de Nina. Elle suggéra alors qu'on licencie le jardinier — à quoi le Kid rétorqua que ça faisait des mois que le jardinier ne travaillait plus pour elle. De toute façon, la pelouse était cramée la moitié de l'année et les pins morts jamais remplacés.

Mais Nina craignait un peu Teardrop. Le chauffeur n'était pas du genre à se laisser chasser sans riposter. Le Kid eut l'idée de le faire engager par un amant producteur d'une émission de télé-crochet qui recherchait de nouveaux chanteurs populaires. Persuadé d'avoir tous les talents humains possibles, Teardrop goba le mensonge du dernier Harry avec une vanité tranquille. La production cherchait un imbécile à mêler au groupe des aspirants chanteurs afin d'enrichir son programme assez plat d'une touche comique. Avec son bronzage permanent, ses chaînes en or, ses biceps façon gigot et ses yeux bleu transparent où se lisait l'abîme sans fond de son être, le chauffeur gardien de son corps avait séduit.

Pour que Ricardo reste à son service, Nina eut l'idée de mettre aux enchères, en plus des bijoux anciens, ses robes de scène et ses léopards. Les chaussures, non. Le Kid hochait la tête, intéressé. On voyait des actrices et des chanteuses vendre leur garde-robe, *même du temps de leur vivant*, insista-t-il, et cette lourdeur lui valut de nouveaux sarcasmes. «Je sais que je ne suis pas encore morte, et je sais aussi que ça ne va pas tarder. Épargne-moi tes conneries.» Son menton se mit à trembler, sa voix à chevroter. «Si j'avais été plus prudente, plus douée en affaires, on n'en serait pas là. J'ai mis tout le monde dans la merde. Ma fille la première. Qu'est-ce qui restera à ma fille des millions que j'ai gagnés dans la souffrance? Je suis une femme stupide. Une pauvre demeurée qui voulait devenir la plus grande pianiste au monde et qui restera dans l'histoire comme la plus conne, celle qu'on exploite et qu'on vole, celle qu'on viole et qui ne se plaint pas. Une foutue esclave, voilà.»

Les manteaux en léopard ne quittèrent pas les cintres où des dynasties de mites discrètes tenaient banquet et les bijoux pas plus ne quittèrent leur coffret chryséléphantin : il n'y eut pas à congédier Ricardo puisque c'est lui qui choisit de partir.

La maison vide, Nina toujours alitée, il n'y avait plus grand ménage à faire dans la villa. Rien qui justifiât sa présence tous les jours. À certaines paroles de Kid, des propos chuchotés par téléphone aux autres Harry avec qui il s'entretenait des reliefs du banquet, il soupçonna peu à peu la mission qu'on lui réservait. C'est lui qu'on attendait pour faire non plus le garde-malade mais l'aide-soignant ; c'est lui qu'on allait charger des choses délicates, bassiner le lit, changer les draps, les chemises de nuit, les liquettes et les langes. À lui la toilette quotidienne et tout ce qui va avec, le nourrissage à la cuiller, le biberon d'eau, l'urinal et le gros pot.

\*

Il cria. La dame usée, abrutie de morphine, le regardait sans comprendre. Ce n'est pas contre elle qu'il criait, mais contre Kid et le toubib aux paupières lourdes après vingt-quatre heures de garde. «Je suis un homme. Un homme décent. Je ne toucherai pas une femme intimement. Je ne verrai pas sa nudité. Si elle n'était pas si diminuée, je suis certain qu'elle vous le dirait elle-même. Elle vous l'interdirait. Elle vous enverrait au diable.»

Kid haussa les épaules : «Mais enfin, Ricardo, tu as dû en voir d'autres dans ton pays ! T'as bien dû torcher la moitié des vieux de ton village, non ? Et quand le gros Bobby, ivre mort, pisse sous lui, ne me dis pas que tu le laisses comme ça, dans son pantalon mouillé ?»

Réveillé par un coup de coude dans les côtes, le médecin s'empressa : «Ne vous en faites pas. Demain, dès la première heure, je fais une demande d'infirmière diplômée. Vous n'aurez aucune responsabilité médicale quoi qu'il arrive.»

Quand Harry et le médecin eurent quitté la

pièce, Ricardo se laissa tomber sur le lit. Il sentait les jambes de Nina contre ses reins. Il pleurait. Comme un gosse qui en a gros sur le cœur, tous les chagrins du monde pesant sur ses épaules, il pleurait sans pouvoir se contenir.

« Pardon, Nina. Je suis désolé. Je ne voulais pas vous infliger ça. »

Une main tendue dans le noir, une main telle une aile hésitante, trouva l'avant-bras de Ricardo et s'y posa. Puis ses longs doigts noueux glissèrent jusqu'à ceux du garçon — ce garçon que personne ne voulait voir comme un homme. Les deux mains s'enlacèrent. L'une était sèche et gercée, la pulpe des doigts devenue calleuse à force d'enfoncer les touches, l'autre douce et molle — l'explication des gants de ménage roses, ridicules, que Ricardo arborait toute la journée.

« Cesse de pleurer, maintenant, c'est chiant, ça te fait une tête de méduse et j'ai horreur des méduses. C'est ça, rigole, je préfère quand tu rigoles, même si — pardon de te l'avouer enfin — tu glousses comme une fille. Et tu chiales comme une fille. »

Plus tard, Ricardo demandera : « La vérité, Nina. C'est vrai que j'ai des manières de fille ? » Nina : « Mais non, p'tite tête. Seulement, tu as un rire de demoiselle : pointu, retenu, comme si tu te cachais derrière ton poing. C'est cul-cul, c'est joli. Tu ne veux pas, rien qu'une fois, m'appeler par mon nom de baptême, mon nom de petite fille ? Vas-y. Dis-le. »

Elle sourit béate à un point du mur bleu nuit.

Nina : «Tu le dis bien. Il se passe quelque chose d'étrange, Ricardo. Je n'ai plus mal au dos. J'ai mal partout, sauf au squelette.

— Je suis heureux pour vous, Nina. Le traitement marche.

— Ne me prends pas pour une sotte, le traitement n'est pas pour mon dos, il est pour le cancer et le cancer fait de moi son festin. Non… Cette fatigue qui a plombé mon existence, j'en sais maintenant la cause : mon succès de chanteuse, une chanteuse que je n'ai pas souhaité être, avait son prix. Il exigeait la mort de quelqu'un, quelqu'un qui avait rêvé une autre vie, une autre forme de reconnaissance, et c'est ce cadavre accroché à moi que je traînais jour après jour, qui me brisait le dos, me suçait la moelle : le cadavre de la grande pianiste, mon double mort. Il a disparu dans la nuit. Envolé.

— Mais vous êtes une grande pianiste, Nina !

—Tsss… L'autre soir, avant que notre petit dîner ne tourne au vinaigre, le vieux Bobby m'a prise à part et m'a posé cette drôle de question : "Et toi, Nina, dirais-tu que tu as réussi ta vie ?" J'ai réfléchi un bout de temps. "J'ai vécu la vie d'une autre. Comment décider si c'est une réussite ou non ?" À ma première dépression, voilà plus de trente ans, je me regardais longuement le matin dans mon miroir articulé. Sur mon profil droit, je voyais une femme encore jeune et puissante, fière d'être noire. Sur mon profil gauche, je voyais un être en détresse, quelqu'un qui regrettait d'être femme et d'être noire, parce que mon sexe et ma couleur avaient bousillé ma vie dès le départ.

— Faut pas fumer au lit, Nina. C'est dangereux. Si vous vous endormez, vous allez mettre le feu.

— Je veux juste fumer un brin de *pot*. Tu sais combien ça me soulage. Fais-moi un dernier joint, mon ange, et je te chanterai une chanson qui te plaira. *Don't Smoke in Bed*, elle s'appelle. Tu sais, j'ai demandé une chose à Kid et il a paru d'accord : après mon concert à Atlanta, je voudrais qu'on fasse un saut à Tryon. Je te montrerai ma maison, celle de Miz Mazzy aussi, et on ira voir les chutes de la rivière Pacolet... Tu ne dis rien ?

— Je ne serai plus là, Nina. Vous savez bien. Je pars le mois prochain. »

Le visage exalté de Nina s'affaisse. Son menton tombe d'un coup, comme si on l'avait assommée. Son regard noir a chaviré en un lieu inconnu des autres.

Depuis l'étage, on entend Kid se disputer au téléphone avec l'Ancien sur une ligne, avec la Finance sur une autre.

« Écoute-les s'étriper pendant que je meurs ! Je ne suis pas froide que déjà ils se disputent ma dépouille. Je ne suis ni froide ni dupe. Des proxénètes je suis passée aux gigolos, puis aux charognards. Comment peut-on se tromper comme moi, se mentir aussi obstinément ?... Et toi aussi, tu vas me trahir. Tout ça pour suivre cette vieille

fée de Bobby ? Comment peux-tu me faire ça…
maintenant ? C'est l'argent ? On t'en donnera le
triple si tu veux. Va ! Je suis largement aussi riche
que ce crooner blanc de mes fesses… On raconte
qu'il n'écoute que lui, du matin au soir ; que ses
disques en boucle hurlent dans la maison. Je me
trompe ? Non. Comment peux-tu supporter cette
merde de musique ? On ne t'a donc rien appris ? »

Les yeux lui sortent de la tête, la colère écume
sur ses lèvres, mais Ricardo n'a pas peur — sa
voix reste douce, posée.

« Je me fous de la musique, Nina. Je pense à
mes enfants là-bas, à l'argent que je dois envoyer
pour que le cadet entre au lycée privé. Je pense à
mon aîné aussi, qui veut venir terminer ses études
à Paris. Mr. Bobby a promis de le domicilier chez
lui afin qu'il ait un visa. Je veux qu'il ait toutes
ses chances. »

Elle détourne le regard : « Regarde-toi. Écoute-
toi. Voici que tu vends le cul de ton fils. Au moins,
il saura comment tu payais son école. Ça lui donnera une belle idée de la vie. De l'effort, de la
persévérance, de la fin de tout ça. »

Ricardo la dévisage sans la reconnaître cette
fois. Ses mâchoires grincent l'une contre l'autre,
c'est à peine s'il peut desserrer les dents.

« Vous devriez appeler votre fille à New York.
J'insiste, Nina. Vous aurez besoin d'elle. Vous en
avez déjà besoin. »

Nina cligne des yeux, amortit le coup.

« On n'emmerde pas ses enfants au moment de
mourir. Ce n'est pas leur faute. On leur fout la

paix. Pour tes gages, tu n'auras qu'à demander au Kid. Il te donnera ton solde très vite. À lui, tu ne manqueras pas. »

*

Nina Simone ne superviserait pas son dernier disque en Californie. Trop diminuée pour ça, avait déclaré le toubib au Kid et à Zoé. Il n'était même pas dit qu'elle supporterait les douze heures d'avion pour Los Angeles. Il fallait penser à une éventuelle prochaine opération, très délicate.

Nina était arrivée à ce moment de la décrépitude où les autres, même les plus aimants, commencent à parler de vous et devant vous comme si vous n'étiez déjà plus là, vous nommant entre eux à la troisième personne alors que vous êtes présent, ni sourd ni aphasique, encore conscient et en mesure de parler. Comme si cette position d'alité faisait de vous un transi avant l'heure.

Pourtant, elle allait remonter sur scène un an plus tard, non pas une fois ni deux fois, mais douze fois. D'abord au Palais des congrès de Paris. Un concert crépusculaire, un supplice partagé, témoigneront les journalistes, ses fidèles. Contre l'avis de ses médecins, elle prendrait quand même l'avion, épuisée, impotente, pour une tournée de dix dates aux États-Unis où elle dut sillonner le pays telle une boule de flipper, cette course macabre trouvant son terme en Angleterre avec un unique récital au festival d'Exeter.

Certains parlent aussi d'une toute dernière apparition en Pologne, mais nul ne peut dire où, si c'était Varsovie, Łódź ou Cracovie.

## Ricardo Baltazar Santos

Eunice Kathleen Waymon — cette enveloppe contingente qui hébergeait Nina Simone — est morte dans le sud de la France, à l'âge de soixante-dix ans, soixante-dix tout rond, comme Nina l'avait prophétisé et souhaité. Afin de nous dire, au cas où nous en aurions douté, qu'elle fut jusqu'au bout maîtresse de son destin. Mais ce n'est bien sûr qu'une illusion. À peine sommes-nous maîtres de nos actes quotidiens, de nos colères et de nos désirs au sein d'une même journée.

J'ai croisé la route de Ricardo Santos quelques années plus tard. C'était chez un ami producteur d'émissions musicales pour la télévision, lui-même ami intime de Bob Williams, qui, à la mort de ce dernier, avait engagé Ricardo dans son château en Sologne.

J'allais souvent écrire dans le château gothique au charme discutable, bâtisse passablement étrange, toute en ogives et fausses gargouilles, dont l'intérieur avait été défiguré par les précédents propriétaires. Pour en faire un hôtel, ils avaient introduit des faux plafonds en polystyrène, des baies vitrées en aluminium, des moquettes fleuries orange et vert pomme condamnées à dialoguer avec le sombre papier mural semé d'éventails et de chrysanthèmes roses («la mode japonisante de la Belle Époque», commentait le nouveau châtelain), papier peint demeuré intact après plus d'un siècle, donc, plus clair à certains endroits où les meubles avaient été bougés, laissant au mur leur empreinte fantôme, et tout cela vous avait un air à la fois affreux, glaçant et grand-guignolesque, un peu comme le plateau du film *Shining*.

Dans ce décor, la silhouette menue de Ricardo, ganté de caoutchouc rose et chaussé de savates sonores, avait quelque chose d'un elfe ou d'un bon génie. Un jour que j'écrivais dans ma chambre au dernier étage — et c'était un jour difficile, où j'avais besoin d'une voix proche pour m'accompagner —, Nina Simone jouait et chantait, poussée à fond sur ma *soundmachine*, quand j'entendis les savates claquer dans le couloir puis s'interrompre subitement à ma hauteur. Je baissai le son, tendis l'oreille. Ma chienne somnolente se dressa d'un bond, courut à la porte où elle renifla une présence et aboya. Ricardo reculait et s'éloignait déjà quand j'ouvris. «La musique est trop forte? Je vais baisser.» Ricardo secouait la tête, dans la pénombre ses yeux noirs brillaient. Il me semblait y voir rouler des larmes.

C'est Bob Williams qui lui apprit la mort de Nina. Lui-même l'avait apprise par un coup de fil. Ils avaient veillé devant la télévision jusqu'au dernier journal de la nuit et c'est du bout des lèvres que le présentateur avait cité l'information. Pas un extrait de concert, pas un morceau d'interview, juste trois phrases reprises d'une dépêche d'agence et ânonnées d'une voix mécanique. *Bonsoir, mesdames et messieurs.* Au générique de fin, Mr. Bobby avait soufflé : «Vois ce que nous sommes. Quel est le sens de tout ça ? Vaste plaisanterie.»

\*

Ricardo et Zoé s'appelaient de loin en loin. Par elle, Ricardo avait le sentiment d'un lien ténu, certes, mais d'un lien encore avec Miss Simone. On ne pouvait pas apprendre grand-chose. Les voisins se taisaient, qui espéraient une délivrance prochaine du quartier. Les volets de la maison restaient baissés le jour. Plus personne ne décrochait les téléphones ni ne répondait aux télécopies. Le seul informateur de Zoé était le toubib. Par lui, elle apprit que le Kid avait engagé «des gens» qui se succédaient au chevet de la mourante. Le toubib n'en croyait pas un mot car elle montrait tous les symptômes de délabrement physique et mental d'une personne abandonnée sur son grabat. Un jour, on perdit tout à fait la piste du Kid.

Teardrop revint un moment vivre à la villa. Zoé nota avec amusement qu'il avait la larme à l'œil pour un oui ou pour un non, ce qui légitimait après coup son surnom stupide. Pleurait-il l'agonie de ce corps reclus là-haut, qu'il n'aurait plus à garder ? Pleurait-il son échec au télé-crochet ? Sa voix fausse, son absence d'oreille et son incapacité à danser comme si le capiton de ses muscles l'ankylosait — tout cela l'avait rendu célèbre au moins dans les bêtisiers de la télévision et sur certaines pages internet. Puis on l'avait oublié pour de bon, et il s'était mis à regretter le temps où il était ridicule mais demandé partout. Peu avant la mort de Nina, il annonça à Zoé qu'il reprenait son nom français de Jean-Paul et commençait une carrière de platiniste dans un night-club de La Ciotat.

Personne ne veillait le corps d'Eunice Kathleen Waymon la nuit où elle rendit les armes en silence, dans une désolation où les mots manquent. Morte seule, sans personne pour la nourrir ni la réhydrater, pour lui tenir la main ni changer les draps souillés. Sans personne pour lui jouer Bach ou Debussy. Sans témoin aucun, sinon ce vieux Shalom qui ne quittait plus la chambre de sa maîtresse et se laissait dépérir avec elle.

L'inhumation aurait lieu dans un cimetière proche de Marseille, face à la mer. Ricardo s'était juré d'y aller et avait en poche son billet de train lorsque, la nuit précédant les obsèques, Mr. Bobby fit un malaise et dut être hospitalisé dans la matinée. Ricardo eut beau courir et courir par les couloirs du métro, il arriva juste à temps pour voir le cul du train de Marseille s'éloigner sur le quai.

Le soir, sur son ordinateur flambant neuf dont il avait une pratique tout aussi neuve, il chercha des images des funérailles. Il n'y en avait pas encore, mais déjà des rumeurs surgissaient, des médisances et des ragots qu'on n'a pas envie de lire à propos d'une personne à peine en allée, célèbre ou pas, talentueuse ou juste bien. Cet amour illimité qu'on nous promet dans la mort, on y tient. Cette gloire des fleurs sur nous, on la veut. Ces encens, ces thrènes, ces requiems, on les a mérités. C'est notre dû.

*

L'arrivée du fauteuil roulant, Ricardo Baltazar Santos ne l'aura pas connue.

D'abord, il n'en croit pas ses oreilles.

*Pas elle, pas Miss Simone.*

Puis c'est un soulagement rétrospectif car il ne fait aucun doute que c'est lui, Ricardo, qu'elle aurait élu pour pousser le fauteuil et la conduire avec un peu plus de douceur que tous les inconnus sans visage ni voix qui se relayaient dans son dos et l'ignoraient. Un colis trop lourd, un encombrant, voilà ce qu'elle était devenue.

On raconte qu'elle fut traînée ainsi à travers

les aérogares, dans les coursives des palaces, dans les coulisses des arénas. Elle avait le regard vide, sa mâchoire inférieure tombait, inerte. Au dernier moment, le kiné sortait sa grande seringue bourrée d'antidouleur ; deux malabars vêtus de noir soulevaient Nina de son fauteuil et, chacun lui prenant un bras, ils lui faisaient franchir les quelques mètres qui la séparaient du piano.

# NOTE DE L'AUTEUR

*Nina Simone, roman* est une œuvre de fiction inspirée de la vie d'Eunice Kathleen Waymon (1933-2003), connue du monde entier sous son nom de scène Nina Simone.

Les personnages qui l'entourent dans ce roman sont imaginaires, à l'exception des figures de l'enfance et de la jeunesse — ses parents, ses professeurs, ses premiers amours. S'agissant des épisodes saillants de ce destin, ils ont bien eu lieu pour la plupart et, autant que l'économie du roman le permettait, je m'en suis tenu aux dates et aux lieux réels.

Pour ceux qui souhaiteraient en savoir plus sur la personne historique de Nina Simone, voici quelques références, livres et articles, riches d'informations.

### BIBLIOGRAPHIE

*I Put a Spell on You, The Aubiography of Nina Simone, with Stephen Cleary*, Da Capo Press, 1993.

*Nina Simone, une vie*, David Brun-Lambert, Flammarion, 2005.

*Nina Simone, Break Down & Let It All Out*, Sylvia Hampton avec David Nathan, Sanctuary Publishing Limited, 2004.

«Nina Simone, diva et nomade», Pierre-François Moreau, *Libération*, 26 octobre 1981.

«Nothing Low-Key About Nina Simone», Carol Mann, *The Herald Tribune*, 8 janvier 1982.

«En voiture, Nina», Yves Bigot, *Libération*, 6 juin 1988.

«Imprévisible Nina Simone», Jean-Luc Wachthausen, *Le Figaro*, 30 septembre 1988.

«African Queen!», Jean-Luc Wachthausen, *Le Figaro*, 16 février 1989.

«Nina Simone : la diva revit!», *Le Parisien*, 16 février 1989.

«Nina Simone met du "blé" dans son swing», Florence Trédez, *France-Soir*, 7 avril 1990.

«*Honey, comprends-moi bien...*», Franck Erikson, *L'Express*, 17 octobre 1991.

«Nina Simone, la maudite du blues», Carlos Gomez, *Le Journal du dimanche*, 20 octobre 1991.

«Nina Simone, le cœur et la politique», Véronique Mortaigne, *Le Monde*, 25 octobre 1991.

«Nina Simone cherche millionnaire», Richard Gianorio, *France-Soir*, 10 février 1992.

«Trop sensible?», Fara C., *L'Humanité*, 22 février 1992.

«*Je m'aime de plus en plus...*», Monique Prévot, *France-Soir*, juin 1994.

«Huit mois de prison avec sursis pour la chanteuse Nina Simone», Guy Benhamou, *Libération*, 24 août 1995.

«Legend-with-an-attitude Nina Simone Breaks her Silence. And You'd Better Listen», Brantley Bardin, *Details Magazine*, janvier 1997.

«*I Once Drank 5 Bottles of Champagne in One Afternoon...*», Precious Williams, *The Big Issue*, février 1999.

«Les divagations de Nina Simone», Serge Loupien, *Libération*, 11 août 2000.

«Nina Simone, mine de malheurs», Serge Loupien, *Libération*, 23 avril 2003.

## SITES INTERNET

www.ninasimone.com
www.soulgeneration.co.uk
www.womenshistory.about.com

## *Remerciements*

Toute ma gratitude va à Laurence Aloir pour sa précieuse documentation.

Je remercie également René de Ceccatty, Donna Donato, Eli Grunfeld, Theresa Heinemann, Martine Jarrié, Xenia Osthelder, Bev Parker, Sapho, Prescilla van Zoest.

## I. HALL OF FAME

## II. LA VISITE À PARIS

# III. LE CHÂTEAU SOLITUDE

# DU MÊME AUTEUR

*Au Mercure de France*

MAMAN EST MORTE, *récit*, 1990, Mercure de France, nouvelle
édition en 1994.

LES DERNIERS SERONT LES PREMIERS, *nouvelles*,
1991.

MADAME X, *roman*, 1992.

LES JARDINS PUBLICS, *roman*, 1994 («Folio» n° 4868).

LES MAÎTRES DU MONDE, *roman*, 1996 («Folio» n° 3092).

MACHINES À SOUS, *roman*, 1998, prix Valery Larbaud 1999
(«Folio» n° 3406).

SOLEIL NOIR, *roman*, 2000 («Folio» n° 3763).

L'AMANT RUSSE, *roman*, 2002.

GRANDIR, *roman*, 2004, prix Millepages («Folio» n° 4251).

CHAMPSECRET, *roman*, 2005.

ALABAMA SONG, *roman*, 2007, prix Goncourt («Folio»
n° 4867).

ZOLA JACKSON, *roman*, 2010, prix Été du livre / Marguerite
Puhl-Demange («Folio» n° 5260).

DORMIR AVEC CEUX QU'ON AIME, *roman*, 2012 («Folio»
n° 5550).

NINA SIMONE, ROMAN, 2013, prix Livres & Musiques 2014
Deauville («Folio» n° 5871).

*Chez d'autres éditeurs*

HABIBI, *roman*, Michel de Maule, 1987.

TRISTAN CORBIÈRE, *hommage*, Éditions du Rocher, coll.
«Une bibliothèque d'écrivains», 1999.

À PROPOS DE *L'AMANT RUSSE*, notes sur l'autobiographie,
Nouvelle Revue Française, Gallimard, janvier 2002.

LE JOUR DES FLEURS, *théâtre*, in *Mère et fils*, Actes Sud-
Papiers, 2004.

LES COULEURS INTERDITES, *roman-préface*, in *Eddy Wiggins*, *Le noir et le blanc*, Naïve éditions, 2008.

ANGE SOLEIL, Le Manteau d'Arlequin, Gallimard, 2011.

*Composition Dominique Guillaumin*
*Impression Novoprint*
*à Barcelone, le 19 janvier 2015*
*Dépôt légal : janvier 2015*
*1er dépôt légal dans la collection : décembre 2014*

ISBN 978-2-07-045575-1 /Imprimé en Espagne